每 一 本 书， 都 有 它 的 灵 魂

总 有 相 似 的 灵 魂， 正 在 书 中 相 遇

美错

饶雪漫 —— 著

Beijing United Publishing Co.,Ltd.
北京联合出版公司

图书在版编目（CIP）数据

美错 / 饶雪漫著 . -- 北京 : 北京联合出版公司，
2023.7

ISBN 978-7-5596-6865-3

Ⅰ . ①美… Ⅱ . ①饶… Ⅲ . ①长篇小说—中国—当代
Ⅳ . ① I247.5

中国国家版本馆 CIP 数据核字 (2023) 第 068668 号

美 错

作　　者：饶雪漫
出 品 人：赵红仕
出版统筹：李小舍
责任编辑：牛炜征
责任印制：耿云龙
特约编辑：段年落　高继书
插画绘制：杨春梅
装帧设计：程景舟

北京联合出版公司出版
（北京市西城区德外大街 83 号楼 9 层　100088）
北京联合天畅文化传播公司发行
北京兰星球彩色印刷有限公司印制　新华书店经销
字数 103 千　880 毫米 ×1230 毫米　1/32　6.5 印张
2023 年 7 月第 1 版　2023 年 7 月第 1 次印刷
ISBN 978-7-5596-6865-3
定价：42.00 元

A BEAUTIFUL
MISTAKE

美 错

Contents

目录

第一章

丑小鸭和她的漂亮妈妈

如果一个十五岁的女生跟你说，她寂寞，那么，我相信，听到的人十有八九会回复：呵，为赋新词……

　　可我是真的寂寞。

　　我唯一的朋友，她叫季郁。

　　这个名字听起来有些忧郁，可她却是一个乐天派。

　　周末的时候，我请季郁来我家做客，从进我家的门，看到我妈妈的那一刻起，季郁就一直处于神经质的状态。

　　黄昏的时候，我送她出门，她梦呓般喋喋不休：没见过这么漂亮的妈妈，没见过这么漂亮的妈妈，没见过这么漂亮的妈妈……

　　我一巴掌打到她的后脑勺上她才住嘴，她看着我气哼哼地说："你怎么一点也不淑女，你看看你妈妈……"

不等我回答，她叹息道："雅姿，你真是让人羡慕。"

不过短短时间，她已经为我妈妈着魔。

妈妈是美女，这我打小就知道。所有人看妈妈的眼光都不一样，而且他们总是充满怀疑地看着我：呵，这是你女儿吗，都这么大了？

妈妈替我起名"雅姿"，可我从出生起就注定是妈妈的"失望"，小眼睛小鼻子，到了青春期，脸上还接连不断地冒"豆子"。

总之，妈妈拥有的漂亮的一切，我都没有遗传，我猜想她一直不太喜欢我，而我对她也有一种说不出的畏惧。

我们母女之间，跟很多很多的母女之间是不同的，比如季郁，她可以揽住她妈妈的肩或者抱着她妈妈的脖子没大没小地说："美人，我相中了一个漂亮的布包，你快点给我一百块钱，不然我扁你！"

可是我不能。

我和妈妈之间，永远都是那么客客气气的。

她从不骂我，就连关心也是淡淡的，她也从来不参加我的家长会，每次都是外婆去，外婆倒是热衷于参加我的家长会，因为每次去必得老师大力的表扬：雅姿同学可谓全班的楷模……

季郁还在唠唠叨叨："雅姿啊，你能告诉我你妈妈用什么牌子的化妆品吗？"

"美宝莲？"我说。

其实我并不能确定妈妈用的化妆品的品牌，妈妈并没有大堆的化妆品，我常常见她用清水洗脸，随身带一瓶普通的面霜。

"美女就是天生的。"季郁总结说。末了她看我一眼，饶有兴趣地说："雅姿，我冒着被你打死的危险问你一个问题好吗？"

我知道她要问什么，于是我主动交代："我是没有爸爸的。"

"什么叫没有爸爸？"季郁扑哧笑了，"难不成你是试管婴儿？"

"有时候我也这么想。"我把手搭到季郁的肩上，看着天说。

"你妈妈难道从来都不在你面前提起你爸爸吗？像她那么漂亮的女人，一定会有轰轰烈烈的爱情才对，我猜的没有错吧？"

"不知道。"我摇头。

我对妈妈知之甚少，妈妈对我是一个谜，这是我内心的隐痛。我曾试图走近她，但那都是在小的时候。比如我佯装跌倒或者是佯装头疼，她会把我抱到怀里，问我："小姿，你有没有事？"我说没事，她身上淡淡的馨香令我留恋。

长大了的我开始有一些奇怪的自尊，我慢慢习惯和她之间的客气和疏离。后来我读一些小说，开始学会猜想，比如，我的父亲不漂亮，或者，我的父亲在感情上欺骗了她，又或，她赌气才嫁给我父亲这个她不爱的男人，离婚了，却又不得不生下我……

但这些都是我的猜想而已，我也没有答案。

这些想法让我越来越郁闷，好在有外婆。

外婆是非常疼我的，她总是夸我争气，比妈妈小时候懂事。外婆还告诉我，妈妈年轻的时候被男生追到家门口，男生赖着不走，妈妈就用家里洗衣服的脏水泼得人家全身湿透，然后面无表情地关上门。

"女孩子就要像小姿这样！"外婆搂着我说。

可我心里却想，像我这样有什么好，做女孩子还是应该像我妈妈那样，那样才够多彩。

我妈妈做服装设计，在全国都小有名气。她很忙，有很多的应酬，不过生活上从不亏待我，我有足够的零花钱，还有足够多的漂亮衣服，但是这些都是我不稀罕的。我稀罕的是周末的时候和她一起吃顿饭，有一句没一句地聊聊天，哪怕说说天气也好。

季郁不懂得这些，她羡慕的是我总是有与众不同款式的衣服，羡慕我有个电影明星一样的妈妈。

人就是这样，对自己很容易拥有的东西都不太懂得在乎。

周末的时候我还有一件重要的事，就是去看望外公外婆，遵照妈妈的吩咐送去一些零用钱和日用品。

外婆喊了几个老太太在偏厅里打麻将，没有听到我按门铃，外公迎我进去，拖我到阳台上看他刚买回来的小鸟。

"好贵。"外公指着那两只红嘴的鸟儿说，"因为喜欢，被别人宰也快活！"

我外公有自己一套快活的理论，他总是乐呵呵的。我妈妈是他的女儿，可是性格上一点儿也不像他。

妈妈的身上有一种说不出来的忧郁，我从不见她大笑，她是那样波澜不惊的一个人，仿佛这世上没有什么可以让她动心、令她动容。

因为口渴，我想去倒杯水喝，往客厅走的时候，一老太太的声音很清晰地传来："阿宝怎么找了一个比自己小十岁的男人，她怎么着也该为雅姿想想啊。"

外婆叹口气说："她也吃了这么多年苦了，随她去吧。"

我站在那里，如站在云端，腿完全失去力气。

阿宝是我妈妈的小名。

呵，这一天终于还是来了。

妈妈要再嫁人，我会更加寂寞。

这是我小时候最害怕的事，就在我差不多要忘却这种恐惧的时候，它来了。

我在街上漫无目的地逛了两个多小时才回家。

妈妈已经回来，正在客厅里插花。

钟点工在做饭，妈妈从来不做饭，她的身上从来没有油烟味。

她穿的是一件新旗袍，应该是她自己设计的新作品，婀娜的身姿令人羡慕。

她的心情好像很不错，听到我进门，头也不抬地说："来，小姿，看看妈妈买的新花瓶。"

"你的新旗袍比较好看。"我说。

"是吗？"她微笑，"对了，小姿，妈妈有话想同你讲。"

我等着她开口。

她却说的是另一件事："你不是马上要中考吗，想不想去念省一中？"

省一中是我们省最好的学校，也是出了名的"贵族学校"。

我知道要进这所学校除了成绩要好，还要花不少的钱。

"没必要吧。"我对妈妈说，"我们学校也是全省重点，而且我可以直升的。"

"是吗？"妈妈扬眉说，"难道不用考？"

"老师是这么说的。"我说，"我每年都第一，可以免考直升。"

"呵，我知道我们小姿念书厉害。"妈妈说，"不过省一中是全省数一数二的中学，我好不容易才托了关系，你考虑一下？"

我点头。

第二天跟季郁说起这事，她惊呼："省一中是封闭式的，一周只放半天假，到那里读书跟坐牢没区别，你成绩这么好没必要啦！"

我忽然明白了些什么。

她想我离开，不想我再待在她的世界，这真是一个绝好的办法，不是吗？

郁闷了一整天回到家里，妈妈竟然没出门，在家中看电视，真是难得如此清闲。见我进门，她说："冰箱里有刚买的饮料，你去拿来喝。"

我打开一罐酷儿，在"砰"的一声后，咬咬牙对妈妈说：

"我决定去考省一中。"

她微笑。

"我要做作业去了。"说完,我拖着书包进了我的房间,在关上门的一刹那,眼泪默默地流了下来。

她不爱我。

这么多年,我终于敢自己承认,她不爱我。

没过多少天,班主任把直升表递给我填。我低着头说:"我可能要考省一中,他们有个提前招生的班,我已经报了名考试。"

班主任有些吃惊地说:"省一中不见得比我们学校好,你留在我们学校,肯定可以在重点班做重点培养,这里的环境你也更熟悉,为什么要换?"

"还不一定考得上呢。"我说,"一千号学生争取五十个名额。"

"直升名额也有限,"班主任说,"你现在要是放弃,万一没考上省一中,还得参加中考,你好好想想,也跟你妈妈商量商量。"

她说完,把表留在我桌上,离开了。

"多少人对这张表梦寐以求啊。"季郁装出流口水的样子说,"要是可以买这张表,倾家荡产我也愿意啊。"

"给你。"我塞给她。

她却直往后躲，呵呵笑着说："给我也是白给，我看你还是填了算了，填完了就可以背着书包离开学校，提前放假啦，不知道有多快活哦。"

我的心挣扎得很厉害。

就是那一天放学，我第一次见到了他，他比我想象中要成熟一些，开了辆宝马，在我家楼下等我妈妈下来。

三人面对面撞上了，妈妈只好介绍："小姿，这是刘叔叔。"

我点点头。

"这就是小姿？"他睁着眼睛说瞎话，"阿宝，你女儿跟你一样漂亮呢。"

"睁着眼睛说瞎话。"我说。

他哈哈笑。妈妈拍拍我的头，嗔怪道："这孩子一点礼貌也没有。"

"走啊，小姿，一起去吃饭？"他向我发出邀请。

站在一边的妈妈并不说话。

"不去了，作业好多。"我说完，飞速地朝楼上冲去。

进了家门，从窗口望出去，看到他的车载着妈妈离开，不知道为什么，觉得这个人也不是那么讨人厌。

虽然还是夏天，不过天已经凉了。

妈妈回来的时候，我穿着单薄的校服，正在阳台上拉小提琴。不知道是不是因为有些冷，我最喜欢的曲子拉到一半，脑子里忽然一片空白，什么也想不起来了。

妈妈靠在阳台的门边，端着一杯咖啡问我："你怎么了，继续呢！"

"不会了。"我说。

"天天拉，怎么会不会呢？"她惊讶地说。

"不会了。"我把琴收起来。

有很多的事情都是这样，说不会就不会了，这么奇怪，这么没有办法。

"你是压力太大了。"妈妈把手放在我的额头上说，"星期天，妈妈和你一块逛街去，买几件新衣服吧。"

"不用了，你替我做的衣服够多也够好看了。"

"女孩子再多衣服也不多啊。"妈妈皱着眉头埋怨我，"更何况，我做的衣服你又从来不穿！"

她不知道，我不是不爱穿，是一穿到学校就引人注目。

我跟她不一样，我不习惯被人注目，像是把自己放在放大镜前让人欣赏一般，说不出的别扭和伤心。

"再拉一曲吧。"妈妈说。

学琴其实一直是妈妈的意思，我感觉我在这方面没什么天赋，妈妈找来很好的老师，花了很多钱教我，我却是这样地没出息。

我勉为其难地把琴再拿出来，干巴巴地拉着，我真不明白，她怎么会听得那么认真。

"小姿，"我拉完了，妈妈忽然问，"你觉得他怎么样？"

"挺，挺，挺好的。"我变得结巴起来。

"我也觉得还好。"妈妈微笑着说。

我好半天都没反应过来，我没想过她会这么单刀直入地问我。

"你是不是要结婚了？"我鼓足勇气问她。

"也许吧。"她说。

她并没想征求我的意见。

我把那张直升的表放在餐桌上，她也并不关心。

恋爱是要花时间和精力的，妈妈在家的时间开始越来越少，我常常一整天都看不到她。有时候在梦里，会感觉她立在我床头叹息，这是一个我从小到大就有的梦境，只有一次醒了发现竟然不是梦，因为我看到她穿着睡衣关门而去的身影。

那叹息，应该是真的。

我是妈妈的负累，我已长大，我必须离开。

我打起精神准备省一中的提前招考，外婆有空常常来煲汤给我喝，她还给我买了漂亮的大包，说是将来住校用得着。

妈妈拎着那包皱着眉说真难看，再说听说省一中也可以不用住校的，我不想让小姿住校。

"不用的。"我把包拿过来说，"其实住校也挺有意思的，我还没试过呢。"

我都不知道，我和妈妈，到底哪一个更虚伪。

按我的成绩，考上省一中问题应该不大，可是谁也没想到的是，就在考试的前一天，我病倒了，高烧四十摄氏度。妈妈回家的时候，我已经烧得神志不清，躺在沙发上说胡话。

我说："妈妈，我可能要死了。"

妈妈抱抱我说："小姿你莫瞎说，我这就送你去医院。"

"我真的要死了。"我说。

妈妈挥手就给了我一耳光，长这么大，她第一次打我，下手是如此重。我昏了过去。

第二天醒来，我头痛欲裂，发现自己躺在医院的病床上。他在床边陪我，见我睁开眼便对我说："你妈妈单位有点事，她去一下，马上买了早点就回来。"

"几点了？"我问他。

"六点半。"他看一下表回答我。

"你开车来的吗？送我回家拿准考证，我今天要考试。"

"有什么比身体更重要，"他说，"先把病养好再说。"

我不理他，一把扯掉了手上的吊针，从床上爬了起来直往外走。

他拦住我说："小姿，你不要这么任性啊，会被妈妈骂的。"

"你不送我，我就自己打车。"我摊开手说，"借我二十块钱不算过分吧。"

"你这孩子！"他摇头说，"好吧，我送你。"

他在车上一直不停地给妈妈打电话，可是妈妈的电话怎么也打不通。

回到家里，他逼着我喝了一杯热牛奶，又给我做了个煎蛋，我一点食欲都没有，于是推到一边。

他不放心地说："小姿，不行不要硬撑。"

我不作声。

他却笑了："我小时候也是这样的脾气，一根筋。"

然后他送我到了考场。

我下车的时候，他拉住我说："好好考，我相信你一定行，我在这里等你出来。"

可是我没有考完试，我中途晕倒在考场里。

醒来的时候，我又回到了病房，还听到妈妈很激动的声音：

"小姿病成这样，怎么可以去考试？她要是有个什么三长两短，你于心何安？"

记忆里，为了我的事，妈妈从来没有这么激动过。

"是是是，是我不好。"他说，"我没考虑周全。"

他并没提是我执意要去。

"你走，"妈妈说，"我不要再见到你！"

我把眼睛闭起来，努力把眼泪逼回去。

急性肺炎，我在医院里躺了一星期才出院。

出院后，季郁到我家来看我，在我房间里低声笑着说："你妈妈真是漂亮哦，越看越漂亮哦。"

"她要结婚了。"我的体力还没恢复，躺在床上有气无力地说。

"嘿，雅姿，"季郁说，"我猜你是为这个病的，因为不想妈妈结婚，所以生一场病来表示反感哦。"

"乱讲！"我打她。

"这叫潜意识病症，"季郁越讲越离谱，"我在心理学书上看到的。"

妈妈晚上不再回来那么晚，她和那个姓刘的男人不知道怎么样了，其实那天的事情不应该全怪刘，但我很自私，一直没讲。

那天夜里，我又梦见妈妈在我床边叹息，我睁开眼，抓住了她的手臂。是真的，真的是妈妈。

她俯下身来，摸摸我的脸颊说："小姿，还疼不疼？"

"不疼。"我说。

黑暗里，她的美令我难以呼吸。

"小姿，"妈妈抚摸我的面颊说，"你要好好的，你不能再离开妈妈。"

那一瞬间，我觉得她是爱我的，于是我起身拥抱她。

我希望她跟我说点什么，但她还是没有。

我想问她还会不会再婚，什么时候结婚，可是，我最终什么也没有问。

我的身体终于恢复健康，准备回学校备战中考，没想到班主任告诉我直升名额为我留着呢，宁缺毋滥，所以没给别人。我只需把表填了，她拿到教导处盖完章后，我就可以继续回家休息了。

那天下午我回到家里，发现妈妈很有闲情，竟然在家听音乐，她的电话放在外面的茶几上，一声一声地响，可是她并不接。

透过她房间虚掩的房门，我听到妈妈在听一首英文歌，那首歌我没听过，但歌词大意我听得懂：

七个寂寞的日子

堆积成一个寂寞的礼拜

七个寂寞的夜晚

堆积成一个寂寞的我

………

妈妈坐在她房间的摇椅上，闭着眼睛，阳光照着她美丽的容颜，我是第一次读懂她的寂寞。

妈妈的寂寞。

我手里的电话还在响，可是妈妈还是没听见，她已深深沉醉在那首歌里。

我接起来，竟是刘。

他在那边伤感地问："阿宝，为什么不能继续？"

我慌乱地摁掉了电话，背抵着墙壁，嘴唇被咬出了血。

我知道，我再也不能忍耐了，我决定去找外婆，把所有该弄清楚的事情全部弄清楚，不管是不是我能接受的结局。

第二章

很久不见的男生

外婆正在做饭，屋子里飘着红烧肉的香味，见我来了，高兴地说："小姿来得正好，给你妈妈带点我烧的肉回去，她从小就喜欢吃这个！"

"我妈不是不喜欢吃肉吗？"我说。

外公坐在沙发上高声喊："要吃让她自己回来吃！多少天也不露个面，有那么忙吗？"他不玩他的红嘴小鸟了，而是在倒腾一个老式的收音机，只不过弄来弄去也只能听到沙沙的声音，一个台也收不到。

外婆把他的收音机一把抢过去说："去去去，没米了，到楼下让超市送袋米上来。"

"你去。"外公说。

"我在烧菜！"外婆把收音机往沙发上一扔说，"你就知道清闲！"

"我去吧。"见他俩就要起"战火"，我赶紧乖巧一点。不过，最后是外婆挽着我的手跟我一块儿下了楼。我告诉外婆我直升的消息，外婆高兴地说："我就知道小姿有出息。你想要什么礼物，外婆买给你！"

"外婆，"我在楼梯拐角处站定了，问她，"我长大了，对不对？"

"快十六了，"外婆说，"马上就是高中生了，那是当然！"

"那么，"我低声说，"能否告诉我爸爸的事情，我真的很想知道。"

外婆不作声了，她拉过我的胳膊说："走，先下楼买东西，这些事有空再说。"

这是我预料中的结果。以前也有过很多次，他们总是以我还小、大人的事不要多管等当借口不告诉我，现在承认我大了，却还是不告诉我。我默不作声地和外婆一起下了楼，走过楼下那片小花园，一直走到超市的边上，外婆拍拍我的肩说："直升了，要高兴咧。"

"你进去吧，"我说，"我在外面等你。"

我站在超市门外等外婆，夏天的风像丝绸一样从脸上拂过。我已经下定决心，无论如何今天也要从外婆那里问出点名堂来，我已经等了快十六年，不能再等，也不能再忍了。

正想着，一辆自行车从我面前疾驰而过，要不是我后退得快，那车一定会把我给撞倒在地。我惊魂未定的时候，车子在前面绕了个弯又停在了我面前，一个男生从车上跳下来，盯着我的脸喊我的名字：雷雅姿！

他个子很高，穿着一身运动服，脸上带着"久别重逢"的喜悦，居高临下地看着我。

可我并不认得他。

"我是丁轩然。"他说。

丁？轩然？好像……是个女生的名字呃。

见我一脸茫然，他又补充道："丁点儿，丁点儿！"

啊？原来他竟是我的小学同学丁点儿，那时候在我们班最矮最小的男生，怎么三年没见会长得大变样了呢，我真是认不出来了。

"嘿嘿。"他得意地笑着说，"没想到我长这么壮实了吧？"

确实没想到。

小时候的他，就像一根豆芽。

"怎么你住这里吗？"他问我。

"不是，我外婆住这里。"我说。

“我爷爷奶奶住这里。”他说，“他们出国四年了，刚从国外回来，我来看看他们。”

我们正聊着，外婆从超市里拎着一大袋米吃力地走出来，很不高兴地说：“居然说没人手，不替我送！”

“外婆我来。”我赶紧去帮她。

“放我车上！”丁轩然把车往前一推，麻利地将米袋放到了自行车的后座上。我连忙跟外婆介绍：“这是我小学的同学丁轩然。”

“哎呀，长得真高，”外婆说，“你妈妈给你吃的什么？”

“瞎吃。我以前可矮了。”丁轩然嘿嘿笑着说，“我以前是我们班最矮的，一不小心就长这么高了。”

“要考试了吧？”我问他。

“我保送市二中了，”他骄傲地说，“不用考了。”

“我们家雅姿也直升了。”外婆多嘴多舌地说，“那你们以后会在一起读书了。”

“对哦，你就是二中的，我都差点忘了。”丁轩然一副很高兴的样子。

我低着头。

对男生，用季郁的话来说，我还是有些“保守”的。

到了楼下，丁轩然又发扬男子汉的气概，硬要帮我们把米送上楼。看着他健步如飞的样子，外婆羡慕地说："还是男孩子好，你看看，多有用！"

"雷雅姿是我们学习的榜样，她从小就只考第一名。"丁轩然扛着米袋回头说，"这一点我们全班同学都羡慕死了。她那时候常当小老师，要我们背课文，背不出来的，都不给回家，好威风的。"

他竟然都记得，我全忘了。

到了门口，我外婆请他进去坐，他不肯，挥挥手，人很快跑不见了。

"这种男生真难得，助人为乐！"外婆吃力地把米拎进门说，"现在的孩子，这样懂事的已经越来越少啦。"

说的也是，我们班的那些男生，扫帚倒在面前都不知道扶一下。

外婆又进了厨房，让我别走，留下来吃饭。趁着她忙，我把外公从沙发上拖起来，一直拖到阳台上，让他坐到摇椅上去。

"你外婆越老越古怪！"外公还在生气。

我替他摇着椅子，问："外婆年轻的时候是否很漂亮？"

外公想了一下说："那倒是的。"

"有妈妈漂亮吗？"

"差不多吧。"外公心不在焉地回答我，眼睛看着笼子里的小鸟。

"那我为什么这么难看？"

"谁说你难看？"外公把眼光转到我身上说，"你最漂亮！"

"外公！"我靠近他一些，"能否告诉我一些我爸爸的事情，妈妈不肯讲，外婆也不肯讲，弄得神神秘秘的。其实，我只想知道他是谁，至于他现在怎么样了，在哪里，对我来说都无所谓。"

"这个……"外公有些为难了，"我想你还是亲自问你妈妈比较好，应该让她亲口来告诉你。"

我转身趴到阳台上，流泪。一个人永远不明白自己的身世，是多么悲哀的一件事。

外公站起身来，把手放在我肩上说："我们答应过你妈妈，不再提过去的事。对于你妈妈来说，那些事的确是不提为好。小姿，等你再大一些，我想你妈妈会跟你说清楚的，你看呢？"

我开始大声地哭。

外公哄不住我，只好去找外婆，外婆拿着锅铲过来，惊讶地说："小姿咋了？你咋了呢？有什么事要哭呢？"

我越发哭得伤心起来。

我很少哭，至少很少当着他们的面哭，这一下，两个老人真是慌了阵脚。我听到外婆跑到客厅里给妈妈打电话，让她赶快赶过来。外公冲着电话喊："马上，现在！你听你听！"估计是拿着听筒让她听我的哭声。我下定决心，反正事情已经闹大了，我不闹出个结果来绝不罢休，不讲理就不讲理吧，神经病就神经病吧，哭了再说！

　　"小姿别这样啊。有什么事跟外婆讲。"外婆过来搂着我，"别哭别哭。"

　　外公也骂："我今天要狠狠讲你妈妈的，这么乖一个女儿，她到底用了多少心？整天都是她自己那些破事儿！"

　　"你就知道讲，你从来就是这样，你又体谅过阿宝多少呢？"外婆开始骂外公。

　　"我不懂体谅，你懂？你们母女俩，我一个都不想多说！"

　　"不想说你一边去！"

　　老两口又吵起来。我只好压低哭声，变成呜咽。眼睛好疼，估计已经肿得像核桃。

　　十五分钟后，妈妈到了。

　　她看上去是匆忙出门，因为着装随便，头发也有些凌乱。这种情况在她身上很少发生。想到她是因为我才这样，我的心又奇怪地软了起来。外公外婆叹着气走开了。妈妈靠着阳台的栏杆，看着我，不说话。

"我要知道我爸爸是谁。"我开门见山地说，"我一定要知道。"

"他死了。"妈妈说。

"死了我也要知道是谁，姓什么叫什么，什么样子！"我大声喊，豁出去了。

"他姓李，叫李由。至于长什么样子，很抱歉，我没有他的照片了。"妈妈出乎我意料地干脆。

我抬起我的核桃眼看她。

她从包里递给我纸巾，说："擦擦，妈妈带你出去吃饭。"

李由？

"他是做什么的？"我问妈妈，"你们怎么会认识，怎么会生下我？"

"小姿，够了。"她容忍地看着我，说，"妈妈不想再提。"

"你们生下我，我就有知情权。"我在脑子里调动着政治课上学会的一切知识。

"见鬼！"她是文雅惯了的，第一次在我面前说这么粗鲁的话。

"我是你女儿，不是鬼。"我是温顺惯了的，也是第一次敢跟她这么顶嘴。她用吃惊的眼神看着我，看了好久，才转身离去。

我听到她关上门的声音，听到外婆跟在她后面喊的声音，听到外公在屋内骂骂咧咧的声音，听到楼下她汽车发动的声音。我惹怒了她，我知道，我惹怒了她。

不过这没什么，这是迟早的事。

外婆走近我，对我说："小姿，我会慢慢劝说你妈妈，你该知道的总有一天会知道，你要放宽心，不要哭坏了身子，乖。"

"好。"我抹掉眼泪。

"小姿就是听话。"外婆说，"走，我们吃饭去。"

我很平静地吃完了饭，很平静地跟外公外婆说再见。外公有些不放心地说："要不要外婆送你回家？"

"不用了。"我说，"天还早，出门就有公交车。"

"那你自己小心。"外婆已经急着要去楼上打麻将，楼上的老太太已经扯着嗓门喊过数次。

我下了楼，走到小区的门口，掏出口袋里的钱数了数，一共五十七块。

我正盘算着五十七块钱可以做什么的时候，丁轩然神出鬼没地冒出来："雷雅姿，数钱干吗？是不是要请客啊？"

我吓一跳，赶紧把钱塞回口袋。

他还是骑着那辆该死的车，笑嘻嘻地看着我。

我忽然有了主意，问他："能带我一段路吗？"

"OK，没问题。"他爽快地说，"你想去哪里？"

"往前走，我告诉你。"

我上了他的车，他把车骑得很稳，忽然回头对我说："喂，我这是第一次带女生，有点紧张，你自己抓牢点哦，有危险我可不负责。"

"左拐。"我吩咐他。

"我们班那个叫季郁的，以前跟你好得不得了那个，现在怎么样了？"

"还好，前面右拐。"我说。

"等上了高中，我们要是分到一个班就好了，我的成绩就有指望了，看在老同学的面子上，不懂的功课是不是都可以问你啊？"

"高中课程我也不知道能不能弄明白。"我说。

"你别谦虚了。喂，你到底要去哪里？"

"直走。就快到了。"

"不过说真的，你很重呃。"

"少废话，好事做到底。"

"我又没说不带你，看你急的。"

"加油。"

"雷雅姿，你好像比以前坏多了。"

"可能吧。"

"不是可能，是确实坏多了。"

……

车子终于骑到了江边，他跳下车来，脸上已经全是汗水。我从包里递纸巾给他，他嘿嘿笑着说："书上说习惯在包里带纸巾的女生都是感性动物。"

"什么破书上看来的啊？"

"我们班女生看的书，我随便扫一眼啦。"

"谢谢你。"我说。

"你到这里来干什么？"他看看四周说，"这里都是人家谈恋爱才来的地方呢。"

我一脚踹到他车上："你可以走了。"

"不会吧。"他摸摸后脑勺，"雷雅姿，你也学别人早恋？你别忘了你是全市的三好学生呢。"

"早恋又怎么样？"我说，"不关你的事。"

"那我走了？"他无奈地说，"他要来了吧，我不当电灯泡了。"

我跟他做再见的手势，他上了车，很快就骑远了。

我沿着江边慢慢走，走累了，找了个没人的石椅坐下。我的脑子一直都没有停止思考，李由？还是李犹？还是李游？为什么隔了这么多年，妈妈提起他来的时候还是不能心平气和，爱情到底是什么，我这样子做到底有没有错，而妈妈，她到底是爱我还是不爱我。

……

胡乱地思考之后，我想到了一个词：离家出走。

我从来都没有做过这样的事情，但现在，我是被逼的。

我想象着他们找不到我的情景，不知道是什么样子，会不会乱了套、慌了神，还是根本就无所谓甚至暗自庆幸我的消失？

或许我来到这个世界，对我妈妈来讲，一开始就是个错误，那个她一提起就咬牙切齿的男人，她怎么会心甘情愿为他生下一个孩子呢？

我的眼泪又流下来，我捂住脸，趴在自己的双膝上哭泣。

"你失恋了吗？"身后忽然有人问。

我吓一大跳转过身去，竟是丁轩然，他没有走！他看到了我的狼狈样！

"你走开，我的事不要你管！"我往前走，他骑着车晃悠悠地跟在我后面，大声地说："这边坏人很多的，你平时不看新闻吗？一个人在这里会很危险的。"

我闷不作声地继续往前冲。

他又说："有什么事情想不开的呢？睡一觉就是新的一天呢，全忘掉的呢。"

"你别跟着我！"

"喂，你不会跳江吧？你别吓我！"

我三两步跑到江边，回头冲着丁轩然喊道："你再跟着我，我就真的跳下去！"

"别别！"他放开车子，人直往后面退，"别别别！！"

"那你走啊。"

"我不能走啊。"他摊开双手说，"你叫我怎么能放心走呢？除非我这个人没有心没有良知没有道德。"

"你去死！"我从江边拿起一块石头就朝着他扔过去。石头正好砸中他的脚，他夸张地跳起来，龇牙咧嘴地说："疼死我了。"

我再扔，他跳，躲开了。

我又扔，他又跳。

这时，旁边正好有对情侣经过，冲着我们露出意味深长的微笑。我的脸唰的一下就红了。

丁轩然趁机走近我说："别看现在天气热，跳进江里也会冷得要命的。"

"谁跟你说我要跳？"我说，"你别乱讲。"

"你哭了。"丁轩然说，"你以前从来不哭的，你到底怎么了？"

我蹲下来，看着江水发呆。天已经完全黑下来了，丁轩然也在我旁边蹲下来说："既然这样，我陪陪你好啦。"

"谁要你陪？"他竟然和我异口同声。

见我惊讶，他嘿嘿笑着说："我们班女生都是这样子的。"

看来他对女生的研究真是不少，估计都是看女生杂志得出来的经验吧。我却因此而心情好了一些，看着他说："你干吗跟着我？"

"我……"他老实交代，"我想看看你男朋友帅不帅！"

"谁像你那么无聊，还早恋。"

"那你干吗伤心？"他问我。

忽然被男生关心我觉得不习惯，我站起身来说："其实每个人都有不开心的时候，对不对？这没有什么的。"

"你读小学的时候总是乐呵呵的，"他说，"除了让我们背课文的时候绷着脸。"

"我有吗？"我下意识地去摸自己的脸。

"当然有。"他说。

我问他："丁轩然，我们这么久不见算不算有缘呢？"

他嘿嘿一笑："女生就喜欢说这些玄乎的。"

"我有事求你，行吗？"

"说！"

"今晚我不想回家了，你陪我好不好，随便去哪里都行。"

丁轩然看着我，瞪大了眼，俯下身装作在地上捡了个什么东西的样子，手心再向上猛地一下盖住眼睛，嘴张得老大。

"怎么了？"我不明白。

"对不起，眼珠掉了。"他拍拍胸脯说，"不过我刚捡起来，又塞回去了。"

"不行就算了。"我往前走。

"喂！"他推着车跟着我跑，终于跑到我前面，拦住我说，"我想通了，我舍命陪君子，就陪你共度一夜好啦。"

我倒。

第三章

六月末的星空

"说吧，你到底想做什么？"丁轩然可怜巴巴地望着我，一副就算我把他卖了，他也认了的委屈样。

"去网吧。"我说。

"未成年人不让进。"他说。

"不去怎么知道？"我凶他。

他只好乖乖地用车驮我去，结果刚进第一家就灰溜溜地出来了，倒不是人家不让进，而是网吧里面人满为患。

第二家人不多，可一台破电脑怎么也联不上网，换另一台还是不行，再换一台还是不行！

崩溃！

只好再去第三家，人家却要看身份证了。

我盯着那个胖老板，气呼呼地把五十块钱往柜台上一拍说："没身份证，就钱！"

　　胖老板见钱眼开，手伸出来要拿却又有点不敢拿的样子，谁知道站在一旁的丁轩然却一把把钱抢过来，拉着我头也不回地就出了网吧。

　　"你干什么呀？"我甩开他。

　　"你要玩游戏？"他问我。

　　"不是。"我说。

　　"聊天？"

　　"也不是。"

　　"查资料？"

　　"可以这么说。"我点了点头。

　　"看样子，只好去我家了。"他说，"我家是宽带，上网很快的，你去我家吧。"说完了又赶紧补充，"我家没人，我爸妈都不在家。"

　　"他们什么时候回来呢？"

　　"放心吧，一时半会儿回不来。"丁轩然用脚踢着他的自行车说，"他们在国外呢。"

　　"啊？"

　　"啊什么啊？"丁轩然说，"你是不是怕什么呀。"

"走啊！"我呵斥他。

他气哼哼地说："雷雅姿，你从哪一天起变这么凶了呢？"

我也不知道自己怎么了，其实，很多年了，我都一直是个好脾气的小姑娘呢。他们总是说雅姿很乖，很听话，懂得体贴人。

我在这样的光环下长大，丧失了所有反抗的能力。

我跟丁轩然来到了他家，他家很大，收拾得还挺干净的。

丁轩然把灯打开，客气地招呼我坐，连忙跑去开冰箱给我拿饮料。

我接过饮料，不知道为什么，忽然想到要是季郁看到我和一个男生这样子，还不知道会乱讲些什么呢。

这么一想，我的脸忽然有些红了。

"你怎么了？"丁轩然问我。

"没，你平时一个人住这里吗？"我赶快转移话题。

"不。"丁轩然说，"我小姨和我住在一起，她整天就知道管着我，你都不知道我过的是什么水深火热的日子。不过她这两天不在，她是导游，在外面带团呢。"

我问他："那你爸妈出去多久了？"

"我小学五年级的时候，他们就出去了。"丁轩然说，"我还以为你知道呢。那时候我们班同学都挺羡慕我来着，说我爸妈在美国。六年级有个叫吴天的老是欺负我，要我给他带美国的糖和玩具，我哪里有啊，被他打个半死，放学的时候都不敢一个人走。"

这些事我真的是一点儿都不知道。

"丁轩然，"我问他，"你想你爸爸妈妈吗？"

"一开始想，现在不怎么想了。"他老气横秋地说，"长大了，其实好多事就无所谓了。"

"那你是不是也要出国？"

"不是啊。"丁轩然说，"其实我出去过半年，那是初一的时候，后来就吵着回来了。我这个人很奇怪，我妈就说我是怪物，跟人家不一样的。别人喜欢的东西我往往不喜欢，别人不喜欢的东西我却往往喜欢，反正，就是不按常理出牌的那种，很有个性的哦！"

"臭美。"看他说起自己眉飞色舞的样子，我忍不住骂他。

他轻轻地哦了一声，脸却忽然一下子也红了。

我奇怪地问他："丁轩然，你怎么了？"

"没。"他说，"主要是没女生这样子骂过我，觉得怪怪的。"

气氛一下子就真的怪起来了，我简直不知道说什么才好，两只手握在一起，尴尬得要死不活的。还是丁轩然首先反应过来，问我："对了，你不是要上网吗？"

"对啊对啊。"我站起身来说，"电脑在哪里？"

"在书房里。"他指着前面。

"哦，在书房里啊。"我没话找话。

"是啊是啊，在书房里。"丁轩然也尴尬回应。

季郁要是看到我们两个现在的样子，准会笑得四仰八叉。

我们进了书房，开了电脑，我问丁轩然："你，会不会黑别人的QQ？"

他好奇怪地看着我，过了半天才怕怕地说："你怎么知道我擅长这个？"

"太好了。"我说，"你帮我上一个人的QQ，我想知道她都在QQ上跟别人聊过一些什么。"

"你男朋友的？"他警惕地看着我。

"不是。"我说，"我没有男朋友。"

"你敌人的？"

"那么多废话干什么，查还是不查？"

"不说是谁我不查。"丁轩然抱起双臂，一副很坚决的样子。

我只好老实坦白："我妈的，我老妈的QQ。"

丁轩然的嘴张得老大，又用那种招牌式的懵懂表情看着我。

"拜托。"我说，"我也是没办法才这样子做的。"

"你跟你妈吵架了？"他问我。

他不问就算了，他一问我，我突然就要哭出来了，于是连忙把头扭到了一边。

"好啦，好啦，我不问了，QQ 号！"丁轩然来劲了，把我推到一边说，"告诉我 QQ 号，我来试试。"

我报出 QQ 号，丁轩然替我一查找，发现对方在线。

"你妈知道你的 QQ 吗？"丁轩然问我。

我摇头，她并不知道我上网，就算她知道，她其实也不会关心。我这么晚不回家，她还不是一样在网上跟人家聊天、发资料，她是工作第一的人，工作狂。

我对她，除了是包袱之外，什么也不是！

"最好等她不在线才好。"丁轩然说，"估计像你妈那种年纪的人，不会把密码弄得很复杂，试几下就可以出来了。"

见我不说话，丁轩然又说："我是最不喜欢上 QQ 的，要是遇到我妈在上面，那我就麻烦死了，躲都躲不及。"

"难道你不想你妈妈关心你吗？"我问。

"烦。"他说，"再说关心又有什么用呢，还不是隔着十万八千里。"

"可我却想我妈多关心我一些。"我说，"我感觉，我和她之间隔了一个宇宙黑洞，我们之间谁也不了解谁，很可怕。"

"这就是你要去黑你妈妈QQ的原因吗？"

"母女之间搞成这样，是不是很失败？"我问丁轩然。

"是有一点。"丁轩然说，"你为什么不跟你妈妈好好谈一谈呢，也许这样子，会好一点呢，你说是不是？"

"她不肯跟我谈。"我说，"我长这么大，居然不知道自己的父亲是谁，你说这是不是很过分的一件事，这明明就是她的错。"

丁轩然看着我说："我没想到过，真的，雷雅姿，你小时候很快乐的样子，谁也不知道你会没有爸爸。"

是，也许真的是，我不应该身在福中不知福。

我妈在网上没待多久，就下线了。

丁轩然真的是很厉害，没用半小时的时间，他就在我的提示下成功破译了我妈QQ的密码，还得意扬扬地对我说："你信不信，你老妈银行卡肯定也是这个密码，像他们这种年纪的人，一般都用一个通用的密码，这样不会出错，也容易记得。"

"你想干什么？"我盯着他恶狠狠地说，"我妈要是卡出了什么问题，我第一个叫公安局来抓你！"

"喂！"他指着亮起来的QQ头像说，"我没有功劳也有苦劳，你不会这么忘恩负义吧。"

"你一边去。"我说。

他看了看我："女生都是这样子忘恩负义的。"

"你一边去！"我重复。

"我才不要看。"他站起身来，"我要到外面看电视去了，今晚有球赛，你没事不要打扰我啊。"

等丁轩然推门出去了，我又不放心地去把门反锁起来，这才回到电脑面前。

我妈在 QQ 上用的是英文网名 ABAO，阿宝。

她的好友并不多，十来个而已，我查看她的聊天记录，查了七八个，好像都是和业务有关系的，并没有我想要找的信息。

就在我失望的时候，忽然有个叫 BEN 的人跟我说话："不是说去找雅姿了吗，怎么这么快又回来了？"

我的心狂跳起来，手放在键盘上，好半天不知道该不该回话。原来，她还是去找我了，这倒是我没有想到的。

BEN 又说："怎么不说话，是不是雅姿回来了？"

我打出一个发呆的表情符号。

BEN 说："你等我，我开车来陪你去找，雅姿这么大了，不会出事的，你放心好了。"

这时，我已经确认这个叫自己"笨"的人是刘，于是忍不住回话："她要是出事了，你是不是会开心？"

"阿宝，你怎么这么说？我们不是才说好的吗？"

"说好什么？"

"考验我？"他说，"你放心，我承诺的一切都是真实的，绝无半点虚假。"

"哦。"我说，"雅姿父亲的事你可知道？"

"不是说好不谈他的吗？"刘说，"阿宝你今天怎么了？"

"我想知道你到底知道多少？"我问他。

"我不是那种寻根问底的人，你知道的。"他说，"我不关心这些，我只关心你，我爱的是你，就够了。"

"那么雅姿呢？"

"她是你女儿，当然也是我的。"刘说，"我会对她好，难道你怀疑？"

"不是。"

"阿宝，你太累了。"刘说，"找回雅姿，你好好休息，不要胡思乱想。答应我，好吗？"

"哦。"看来这个姓刘的根本也不了解什么情况，怕露馅儿，我赶紧说，"我刚才是上来收封信，这就走了，再见。"

BEN 递过来一朵玫瑰。

我赶紧关掉窗口，发现自己手心里全都是汗。

我选择了隐身，查妈妈和刘的对话，发现他们的对话并不多，就那么几页，也没有任何有价值的东西。

我甚至有一种感觉，妈妈对刘冷冷的，似乎也没有太大的热情。

看来，妈妈和刘之间，也隔着一个宇宙大洞，他们相互并不了解，我很怀疑，这样子的爱情能不能持久下去。

不过我还不到十六岁，爱情不过是内心的猜想加上小说里得来的幻想而已，我怎么能真正懂得呢？

我关掉电脑，闷头闷脑地来到外面，发现丁轩然正在看电视，他没看球赛，而是在看小品，笑得前仰后合的。

我从沙发上把我的包拿起来，背上说："谢谢你，我要走了。"

"你去哪里？"他站起来，紧张地问我。

"不知道。"我摇头。

"查到你想要的东西没有？"丁轩然问我。

我摇摇头。

"其实，那是大人的世界。"丁轩然说，"大人的世界我们走不进去的，你何必去管那么多？"

"我只是想了解我有权了解的一些东西。"我说，"这难道不应该吗？"

丁轩然并不回答，而是问我："雷雅姿，你是不是要回家，我送你。"

"不用了。"我往外走说，"你继续看电视吧。"

他很固执地跟在我后面："不行，我非要送，很晚了。"

"我都说不用啦！"我冲着他大喊，就在那一刻，我的眼泪从眼眶里冲了出来。

我也不知道自己是怎么了，怎么会这么管不住自己，怎么会在一个男生的面前这样子哭泣，既然都哭了，我也就干干脆脆不想有任何的掩饰了。

"哦，哦。"在我的哭声里，丁轩然显得手足无措，围着我团团转，"哦，雷雅姿你不要哭啊，你哭什么呀。"

门就在这个时候被打开了，门外进来一个两手拎满了袋子的中年女子，嘴里喊着："快帮我接住，重死了。买了好多好吃的，你妈就怕你吃不饱，我跟你说，虽然你现在不用考试了，但也不要整天待在这里上网，要注意身体，跟你说过多少次了，窗户要开着，不通风不行……"

正说着，抬眼间，她看到了我。

"哦，这是我小姨。这个呢，是我的小学同学雷雅姿。"丁轩然赶紧介绍。

我慌忙擦掉眼泪。

丁轩然的小姨看上去出乎我意料地年轻，很漂亮也很时尚，肯定是我哭红的双眼惹的祸，她用一种奇异的眼神看着我，我觉得浑身不自在。

"对不起，我先走了。"我低下头，绕开她往门外走去。

"你等我，我送你。"丁轩然跟着我走过来，却被他小姨一把抓住了："你要出去干什么？"

"我送人，这么晚了，她一个人回家不安全。"

他小姨仍然不放开他："你说，你们要干什么？"

"什么要干什么！"丁轩然急得脸红脖子粗。

"我跟你说丁轩然，"他小姨连名带姓地叫他，"你妈在国外，最担心的就是你这个，你才多大点啊，千万不要乱来啊……"

后面的话我没有听到，因为我已经下了楼，跑得很远了。

我不知道应该去哪里。

天已经完全地黑了下来，星星一颗一颗挂在空中，一闪一闪不说话。

我把头埋下来，缩着脖子，一个人孤孤单单地走在大街上。刚哭过的眼睛生疼生疼，我是这样一个孤孤单单无处可去的孩子。

不知道过了多久，我忽然听到身后有人说话的声音，他说："雷雅姿，拜托，我真的走不动了。"

我惊讶地回头，看到丁轩然，他竟然一直跟着我！

"我实在不放心。"他说，"你回家去，好不好？"

我不作声。

他忽然指着天上的一颗星星对我说："有时候，我心里不痛快，就会去看天边最远的那颗星星。你看，它总是那样孤零零地挂着，我就对自己说，其实我并不算最坏的那一个，雷雅姿，你说对不对？"

夜里十二点，我回到了家中，丁轩然一直送我到家门口，见我掏出钥匙开了门，他才转身下了楼。

我进了屋，客厅里开着一盏小灯，妈妈坐在沙发上，听到我进门的声音，她转头看向我，透过微弱的光线，我看到她脸上的显而易见的疲惫和担心。

"我回来了。"我说。

"哦。"她站起身来，"洗洗睡吧。"

"我本来想离家出走。"我说。

"哦？"她把眉毛扬起来，"为何？"

"我想我们需要沟通。"我说，"我对你不满意。"

"就是因为你爸爸的事？"

"不止。"

"那你说说看？"她重新坐下，语气不急不缓，仿佛没有发生任何事情。我真是佩服她。

"我就要十六岁了。"我说，"我想，我有权利了解我自己的一些情况，同样也有权利决定自己的一些事情，如果你不反对的话，我想暂时搬到外公外婆家去住，另外，开学以后，我想住校。也许，我们都需要一些时间来思考。"

"思考什么？"她问我。

"思考我们对各自有多重要。"

她忽然笑起来，问我："雅姿，你何时已经长大？"

我不吱声。

她又说："我知道，你希望了解你父亲的一切，妈妈这么多年不愿意提，那是因为我不愿意去回想那些不快乐的过去，更不愿意将这份不快乐加到你的身上，但如果你执意要知道，你来，我给你看一样东西。"

说罢，她进了她自己的房间。

我犹豫了一下，也跟着进去。

妈妈打开桌子的抽屉，从里面拿出一个盒子，再打开，是一个日记本一样的东西，看上去，年代有些久远。

妈妈说："这是我过去的一本日记，我想，你在里面可以找到你想要的答案。"

我看着它，一个红色封皮的厚厚的本子，这应该是我期盼已久的东西，可是不知为何，当我伸手接下它的时候，我却觉得它重若千斤，好沉好沉。

"去吧。"妈妈朝我挥手。

"谢谢。"我嗓子干涩地说。

就在我拿着妈妈的日记本转身朝门外走去的时候，我忽然听到身后猛地传来"咚"的一声。

是妈妈，她晕倒在了床头。

第四章

屋顶上的小鸟，是不是你？

我和刘约在咖啡屋见。

我去的时候他的第一杯咖啡已经喝完，他跟服务员要了第二杯。我在他对面坐下，这是我第一次如此清楚地看他，他的确很帅，妈妈爱上他，并不奇怪。

"香蕉船？"他把我当小孩。

"炭烧咖啡，"我仰头对服务员说，"不要加糖。"

他忽然咧开嘴笑了。

我明白他在笑我装成熟，可是我没有心情跟他计较这些。我把身子坐直一点点，眼睛直视着他，期待一种平起平坐的谈话方式。

是他先开的口，他说："你妈妈是过度疲劳，最近一直在赶一批服装的设计，医生说休息休息就没事了。"

"你们何时结婚？"我问他。

"你可能不知道，她拒绝了我的求婚。"刘说。

"哦？"我把声调扬起来，"为你感到遗憾。"

"是的。"他说，"你今天约我来，就是为了谈这个？"

"可以这么说吧。不过你可能对我有误会，其实，"我故意拖延了一小下才慢悠悠地说道，"我是希望你们早一点结婚的。"

"哦？"他很绅士地配合着我的小聪明，也把声调扬起来，"为什么？"

"我想她需要幸福。"我说，"等我上了高中，我就申请住校，对你们不会有任何妨碍，而且我甚至可以一个人住。你要娶她，自然要买套新房子才行。"

刘忽然哈哈大笑，笑得咖啡屋别的人都朝我们看来，他才止住，低声问我："你是替你妈妈来谈条件的？"

"是。"我说，"新房，新车，新家具，新生活，一切都是新的。"

"唉。"他靠回椅背叹息，"雅姿，你若真能代表你妈妈多好。"

"我会让她答应的。"我说。

"可是我要提醒你，你犯了一个原则性的错误。"刘点燃一根烟，对我说，"那就是，你妈妈的幸福和你的幸福其实是息息相关的，并不是你退让她就可以拥有的，明白吗？"

我茫然。

"说白一点，你的存在和我们的爱情，完完全全是两回事。"

"可是……"

"你妈妈并不是因为你才不跟我结婚。"刘说，"你不要东想西想，更不要因此做出什么过激的行为，让你妈妈为你担心。"

"不是因为我，那是因为什么？"我不放过他。

刘用低沉的声音飞快地回答我："是因为她还不够爱我。"

我瞪大了眼睛看着他，那一刻，一个成年男人的伤心，在一个十五岁的女生面前，昭然若揭。

"雅姿，"他说，"有一天你长大了，会明白爱情。"

我把手臂放在桌上，头埋在手臂里，又听见他说："喝苦咖啡并不代表长大，你不知道吧，其实你妈妈来这里，最喜欢吃的就是香蕉船。"

我震惊。

我那美如天仙的母亲，我对她的了解到底有多少？

我回到家里，妈妈在电脑前做着她的事情。听见我回来的声音，头也不回地大声说："吃饭没有？没吃自己下碗面，我没空管你。"

她昨天刚出院，我早晨出门的时候她还在睡觉，怕影响她休息，所以没有跟她打招呼。

看样子她并不关心我去了哪里，也不担心我会再次"离家出走"。

我倒没出息地希望她能对我管手管脚，但那只是我的一厢情愿。

我走进自己的小房间，从枕头底下拿出妈妈的日记本，红色封皮的厚厚的本子，在我的枕下已经放了两天。

我翻开过扉页，扉页上有一张妈妈少女时期的照片，她扎了一个粗粗的辫子，眼睛亮亮的，穿红色的毛衣背红色的包，靠着一堵红色的墙，她好像特别偏爱红色。

照片旁边是一行黑色的小字：留给我的锦瑟年华。

妈妈的字好纤细，这厚厚的一整本，应该都是被这种纤细的字完全地填满。尽管我真的非常想知道里面都写了些什么，但不知为何，我却一直没有勇气翻开它。

我的妈妈，她曾经心细如发、薄如瓷器的少女时代，究竟藏着些怎样的秘密呢？

这其实是我从懂事起就开始苦苦寻觅和猜想的一件事，当我就要揭开谜底的时候，我却望而却步了。

　　电话就是这时候响起来的，我跑出去接，是季郁。

　　她在那边喊："就要考了啊，就要考了啊，哎呀呀，我手脚冰凉！"

　　"别自己吓自己。"我安慰她，"心态很重要，临场发挥才会好。"

　　"真是羡慕死你了。"季郁说，"全天下你最好运啦，居然可以不用参加中考，还有啊，我有一件失败的事情要告诉你哦。"

　　"你讲。"

　　"高一那个帅哥跟别人说对我根本没感觉。"

　　"哈哈。"我笑。

　　季郁迷上高一的一个大高个儿，班上好多女生都知道。想到就要毕业了，破釜沉舟写去一封信，却是这样的结局。

　　"不许笑。"她呵斥我，"我伤自尊啦，考到八中去算啦，反正成绩也不好，索性松口气。以后，眼不见心不烦。"

　　"话可是你说的？"我故意激她。

　　"我说的，我说的！"我可以想象她在那边一面拍胸脯一面跺脚的样子，所以忍不住又笑了起来。

"死雅姿坏雅姿，亏你笑得出来，等我考完了再来找你算账！对了，我们小学班上有个叫丁点儿你记得不，昨天居然跑我们班上来了，听说他保送我们学校高中部了，他还问起你呢，好关心的样子哦！"

"啊？"我正对着电话嘴巴张得老大的时候，门铃响了。妈妈仍在电脑前奋战就像啥也没听见，我只好挂断季郁的电话去开门。

门拉开来，门口站着的人，是丁轩然！吓得我一激灵，头轰的一下就大了。

他搓着手，对着我傻笑说："雷雅姿，你没事吧？"

我真恨不得一把把他从楼上推下去，我能有什么事！

"小姿，同学来了怎么不请进来坐？"妈妈的声音忽然从身后传来，我猛地一转头，看见妈妈端着茶杯站在我身后。

再回过头，看到脸上五官严重扭曲的丁轩然，于是我就傻在那里了。

"请进啊。"妈妈招呼他，还弯腰从鞋柜里替他拿鞋。

他毫不客气地进屋，盯着我妈妈用一种非常崇拜的语气说道："阿姨，您真年轻，我从来都没能见过这么年轻的妈妈！"

天啦，天啦！让我跳楼算啦。

"是吗？"我妈是何等人物，肯定不会在这种马屁前乱了阵脚，而是冲着愣在一旁的我说道，"你招呼你同学，我正好有点事，要赶着出去，不能回来给你做晚饭了，我回来的时候给你带外卖，你想吃什么？"

"你不要出门。"我拦住她，"你需要休息。"

"没事的。"妈妈拍拍我的肩，拿上她的包说，"我会注意的，你不用担心我。"

"你都忘了医生是怎么说的了！"我冲她喊。

"我就出去一会儿。"妈妈说，"八点前准回家！"

说完，我妈妈打开门就离开了，留下我和丁轩然两个人！

丁轩然盯着我妈妈的背影，有些不相信地问我："是你妈妈？"

"你找我到底有什么事？"我气结。

"我去过你学校，我没想到这个时候你妈妈在家，不过，"丁轩然摸着脑门说，"不过你妈妈跟我小姨好像完全不一样，而且，她真是年轻得不可思议……"

"好啦……"我打断他，"要是没什么事你就走吧。"

"好吧。"他站起身来说，"看来我是过多地担心了，我怕你还在难过呢。"

丁轩然说这话的时候，一脸认真的样子，我的心就不可救药地稀里哗啦地软了下去，我这才看到他脸上布满了细密的汗珠，于是忍不住问："要不要喝点水？"

"要啊。"他好大声地说。

我从冰箱里找了一瓶可乐给他。

他拧开瓶盖，仰起脖子，一下子喝个精光，然后，把空瓶子往我家茶几上一放，抹抹嘴说："你没事就好啦，我走啦。"

"嗯。"我说。

"还有一件事要提醒你，"他说，"听说二中这次高一只设一个重点班，你家里要是有关系，还是早点托人的好。"

"你是不是已经托好关系了？"我问他。

"我父母都在国外，哪有人管啊。我只是听来的，所以告诉你一声。当然，其实，"他扭扭捏捏地说，"你成绩这么好，也不必在乎这些啦。"

忽然有人对我这样，我的心变得酸酸的。

"你怎么了？"偏偏他话多。

"没什么。"我吸吸鼻子。

"那……我走啦。"他说。

"哦。"我说。

他自己走到门边，换上船一样的大球鞋，跟我说再见。

可刚一转身，他又回过头对我说："我们不用参加考试，你有没有觉得这些天比较无聊？"

"有些。"我不知道他葫芦里卖的是什么药。

"我有个表哥在乡下，他们那里可好玩啦，他一直约我去玩来着。"

"那你去啊。"我说。

他摸摸后脑勺："我的意思是说，你要是比较无聊，我们可以一起去的。"

我的脸腾一下就红了。他奇怪地看着我，愣头愣脑地说："你的脸怎么了？"

我砰的一下关上了门。

过了好半天，我才听到他下楼的声音，我在沙发上呆坐了一会儿，情不自禁地跑到阳台上，看到他正骑上他的自行车，落日余晖给他的车和他的背影罩上一层金色的轮廓。快要离开的时候，他朝楼上看过来，我吓得赶快缩回了头。

过了好一会儿，再看出去，他和他的车都不在了。

我莫名地松了口气，却也有莫名的失落。

他……居然……约我出去玩！

这是我第一次接到男生的邀约，心里的感觉真是怪得不可开交。

过了好一会儿，我回到自己的房间，妈妈的红色日记本安安静静地躺在我的小床上，散发着巨大的诱惑。

我把它抱到怀里，或许是这些天太累的缘故，竟不知不觉地睡着了。

醒来的时候，是夜里十一点半。

我从床上爬起来，走到客厅，发现妈妈还没有回来，我的肚子饿得咕咕叫，于是倒了杯白开水坐在沙发上吃饼干。

一袋"奥利奥"在几分钟之内被我消灭得一干二净，我又开了电视，电视上是王菲在唱歌。

我其实挺欣赏王菲，她唱歌的时候是那样一个不动声色的女人，谈起恋爱来，却好像每一次都那么不计后果，她在唱：

屋顶上的小鸟

是不是你

天上飞的白云

一定是你

……

在这梦呓一般的歌声中，不知为什么，我忽然想到他，一个人面红耳赤。

我冲到卫生间去洗澡，想要把一些肮脏的想法洗掉，可心里好像有一扇门，打开了以后，拼了命也关不掉。

我把自己弄得疲惫不堪后出来，墙上的钟指过了十二点，妈妈还是没有回家。

　　忽然之间，有一种不祥的预感冲上我脑门，我跑到电话前拨妈妈的电话，关机！

　　我手忙脚乱地拨打刘的电话，他过了好一会儿才接："谁呢？"

　　听他的声音，刚才好像是已经睡着了。

　　"我是雅姿。"我冒冒失失地问，"我妈妈呢？"

　　"你妈妈？她不在我这里。"

　　"那我妈妈会去哪里？"

　　"她没有回家吗？"刘显然是被我吓醒了，声音急促起来，"你打她手机没有？"

　　"关机。"我说。

　　"你别急，雅姿。"刘说，"她兴许是在应酬，手机没电了。"

　　"可是，我记得她出门前跟我说8点前准回家的。"

　　"你别怕，"刘说，"我这就过来。"

　　刘说完挂了电话，他肯定是以为我一个人在家害怕，其实不是，我是真的担心妈妈，我的直觉一向……

　　我不敢再想下去了。

　　等刘来的时间，我一直在拨打我妈妈的手机，但手机里传出的一直都是那个千篇一律讨厌的声音：您好，您拨打的用户已关机，请稍候再拨……

差不多要到1点钟的时候，我听到刘车子的声音，趴到窗户上，我看到刘下了车，他是一个人。

他很快就上了楼，我开了门，他站在门边，喘着气对我说："雅姿，我去过工厂，那边说你妈妈今天交完了设计方案就回家了，大约是7点半钟，还是厂里的车把她送到你家楼下的，你确定她没有回家吗？"

没有！

我跑到她房间推开门，根本就没有人！刘也跟在我身后，探头探脑的。

"7点半你在做什么？"他在我身后问。

"我在睡觉，"我说，"我太困了。"

"兴许她回来后有急事就又出去了，看看她有没有给你留纸条。"刘说。

"不可能。"我说，"她压根就没这习惯。"

"那看看通话记录？"刘把自己弄得像个侦探，我的心更是慌得不可开交，突突乱跳。

以前她也不是没有这么晚回来过，但对我，总是有交代，从不会无端失踪。

她去了哪里?

我靠在沙发上发呆,刘靠在另一边,和我一样,灰败着一张脸。过了良久,他说:"你去睡,我在这里等。"

"看来她真的并不爱你,"我强撑着打击刘,"你连她在哪里都不知道。"

"所以说你是白恨我了。"刘叹息,"我现在挺可怜你的。"

我把坐垫抱在怀里,哼着说:"爱情真是瞬息万变啊,我妈妈没准爱上别的男人啦。"

他仰起头来干笑。

就在这时候,楼下传来了脚步声,我和刘一起从沙发上跳起来,是我拉开的门。

门外站着的是妈妈,她手里拿着钥匙,一脸惊诧地看着我和刘。

"你去哪里了?"我和刘异口同声地问道。

"能否让我先进家门?"妈妈说。

我和刘一起让开身子。

妈妈进来,把包往沙发上一放说:"雅姿,你白天睡够了吧,半夜三更不睡觉!"

"你也知道半夜三更啊,"我说,"我都担心死了。"

刘示意我闭嘴,对我妈妈说:"雅姿睡醒了没看到你,急死了，打电话给我，把我也给急死了，所以我就赶来了，你回来就好，我也该回去睡觉了。”

"你多大的人了，怎么像雅姿那样沉不住气。"妈妈责备他，"快回去吧，晚上开车慢一点儿。"

"好。"刘看着妈妈说，"你也早点休息。"

他看着妈妈的眼神里，有种让人害怕的依恋。

妈妈也有些不自然，转过身去给自己倒水喝。

刘开门走了，屋子里只有我和妈妈。

我问她："为什么手机不开机？"

"我没带手机。"她指着里屋说，"手机没电了，在里面充电呢。"

"以后不要这样。"我说。

"不要怎样？"她喝口水，不明白的样子。

"不要这么晚不回家，也不打招呼！"我冲着她喊。

她迟疑了一下，忽然伸出手摸我的头发一下说："好的，你去睡吧，妈妈保证下次不这样了，还不行？"

我本来想跟她大吵一架的，但她温和得让我不知所措，我注定不是她的对手。

其实我希望她会问："今天那个男生是谁？"

可是她不问。

在我要进我屋子的时候，她却忽然喊住我说："对了，小姿，以后你也不要那样，好吗？"

"怎样？"

"不要动不动就麻烦人家刘叔叔，他毕竟是外人。"

"外人？难道你真的不打算嫁给他吗？"我问。

妈妈微微笑了一下说："婚姻大事，岂能儿戏？"

得，我永远也弄不明白她。

整个夜里，我都睡不着，翻来覆去，转眼天就亮了。

早晨起床刷牙的时候，我感觉自己的脸就像是一根皱巴巴的黄瓜。

妈妈也跟着进了卫生间，她又穿了一件新的旗袍，头发绾得高高的，比《花样年华》里的张曼玉扮演的苏丽珍显得还要妖媚，见我透过镜子盯着她看，她轻轻打我一下说："好好刷牙，泡沫都弄到衣服上啦。"

我真是一只彻头彻尾的丑小鸭。

我梳洗完毕，坐在沙发上发呆。

妈妈弄了早饭出来，问我："暑假很长啊，小姿你有什么安排没有？"

"没。"我说。

"约一些朋友去旅行啊。"妈妈说，"到旅行社去问问，去你最想去的地方，费用这些的都不用你担心的。"

我没好气地说："难道我的安全，你也不担心吗？"

"有什么好担心的，反正是跟团，你都这么大了，应该会照顾自己。"

"要是不跟团呢？"我问。

"哦？"妈妈说，"难道你已经找好地方了？"

"是的。"我说，"我想和一个朋友去乡下玩两天。"

"哦？"她说，"这倒是个好主意，和谁去呢，是昨天那个男生吗？"

"是。"我叹息着说，"你好像一点儿也不怕我学坏似的。有男生到咱家，你一点儿也不紧张，我真弄不明白你是怎么一回事呢。"

她用一种少有的眼光打量我，过了半晌才说："小姿，你真的长大了。但是妈妈真的很放心，你是个好姑娘，学习好，心眼好，人缘好，这些妈妈心里都清楚。"

这是她第一次这么正式地表扬我，反倒弄得我不好意思起来。

妈妈又说："当年，我就是被你外婆管得太多，所以，我给你足够的自由，我相信你不会让妈妈失望，对不对？"

我昏头昏脑地点点头。

妈妈去上班后，我上了网，发现丁轩然已经加我的 QQ，他居然叫自己"超级大帅包"。

帅包说："你终于上来了，考虑我的建议没？"

我问："何时出发？"

他发给我一个乐不可支的表情，一个小人儿，哈哈大笑，最后倒在地上，跷起一只小脚，很是夸张。

第五章

也许星星骗了我

我并没有刻意要偷听妈妈讲电话，但是那个电话我听到了。

　　夜里十二点钟，我起来上厕所，发现妈妈还没有睡，她穿着一件很单薄的睡衣，站在阳台上打电话。

　　她叹息道："事到如今，说这些都毫无意义。"

　　我下意识地放轻了脚步。

　　又听见她说："好吧，我把雅姿安排好，尽快去一趟。"

　　我双腿发软，连忙靠在沙发上。

　　也就是在这一刻，我陡然明白她忽然让我出去旅游，只不过是先把我"安排好"而已，怪不得她根本不关心我去哪里，也不关心我跟谁一块儿去！

我怀着说不出的恨，回到自己的房间倒到床上，辗转反侧几乎一夜未合眼。

我再一次清楚地明白这么多年来，我其实一直都是这么孤单的一个孩子，没有人爱我，没有一个完整的家。

这么一想，我就缩在床上哭了起来。

第二天一早，我红肿着眼睛打点行李，我的行李很简单，一个小包，装了几套换洗的衣服，还有我妈妈的日记。

妈妈轻轻敲我的门，问："雅姿，你好了吗？"

她从不像季郁妈妈那样不打招呼忽然闯进季郁的房间，更不会在我的书包里翻东翻西。

她一向是这样，客气，神秘，让我心寒。

"就好了。"我说。

"刘叔叔来接你了。"妈妈说，"车就在楼下，快些。"

她是如此迫不及待。

我拎着包，有些不自然地走出房间。

妈妈看着我说："怎么，昨晚没睡好啊？"

"有点热。"我说。

"那你开空调啊。"

"我怕吵。"我把目光移开，尽量不跟她对视。

她塞了一些钱到我的手里，我说："不用了，我身上有钱，再说，到乡下也不用花钱。"

"还是带着吧。"她坚持，把钱塞到我衣服口袋里。

她送我下楼，刘替我把我的行李拎上车，然后我们绕道去接丁轩然。刘说，安全起见，会把我们一直送到乡下。

我在后视镜里看到妈妈，她一直站在原地目送着我们的车子离开。

这是我第一次独自离开妈妈到外面去玩，我的鼻子忽然有些不听话，酸酸的。

我甚至有一种说不出的不祥的预感，这让我心慌意乱。

丁轩然背着一个大包，站在小区门口等我们。

他坐在前排，一跳上车就开始不停地说话，关于车的价格、性能、外观，头头是道。

刘一面开车，一面微笑着说："行啊，这么了解车子？"

丁轩然说："那当然，我爸是造车子的！"

"是吗，"刘很感兴趣地问，"在哪家公司？"

"不提他了！"丁轩然一拍大腿说，"出发喽，真兴奋，我好久没去乡下啦！"他又回过头来批评我，"雷雅姿，你怎么一点儿也不在状态啊，应该高兴，高兴才对啊！"

我努力挤出一个微笑来。

他又打击我："比哭还难看！"

刘很八卦地问:"你们是同班同学吧。"

丁轩然更八卦地答:"我们小学是同班同学,不过到了高中很有可能又是同班同学了,我们都是保送的,你说我和雷同学是不是很有缘分啊?"

刘嘿嘿地笑。

丁轩然说:"麻烦你做司机啊,你是一个大老板吧?"

"听谁说的,雅姿吗?"

"还用听谁说吗,看你的车就知道啦。"

"呵呵,万一我的车是借来的呢?"

"不可能。人跟车是有感情的,一看你摸方向盘的样子就知道这准是你自己的车。"

刘哈哈大笑起来:"哦,是吗?看来你不仅仅是对车有研究,对开车的人也挺有研究的嘛。"

他们聊得热火朝天,我把头转过去看向窗外。

丁轩然忽然大声地说:"雷雅姿,我有好听的 CD,放给你听。"

他自作主张地把 CD 塞进车子里的 CD 机,出来的竟是我最不喜欢的欧美音乐,吵得人耳根子疼。

刘倒是听得挺带劲,我真是一点儿兴趣也没有。

我和丁轩然,根本就不是一路人。

我小肚鸡肠地安慰自己，我跟他出来玩，并不是因为别的，我只是急需离开，我和妈妈，需要距离来审视彼此。

　　我们要去的地方，是一个叫"龙口"的小乡村，离市区有一百多公里的车程，山清水秀，就是有些闭塞。

　　丁轩然在 QQ 上告诉我，我们这次去，会住在一个叫任姨的女人的家里。

　　任姨以前在他家做保姆，带他带了整整八年。现在四十岁了，有两个孩子，一男一女，男孩叫多味，今年十八岁；女孩叫阿妹，今年十五岁。她丈夫常年在外打工，只有春节才回家。

　　丁轩然还说："你放心吧，任姨家条件在他们村数一数二的，你去了有单独的房间住，不会吃苦的。"

　　好像我这人有多小资似的。

　　其实，我真不怕吃苦。

　　小学的时候我们班组织去夏令营，别的女生都被蚊子咬得嘤嘤直哭整夜不睡，只有我一个人倒下去就睡到天亮。

　　我并不是那种养尊处优的孩子，六岁的时候我就懂得自己炒饭吃，知道把自己的脏衣服塞进全自动洗衣机。

　　这一切只因为，我有一个不喜欢做家务活儿的漂亮妈妈。

　　由于前一天晚上没睡好，尽管丁轩然放着摇滚乐，我还是很快就在车上睡着了。

刘车子开得飞快，醒来的时候，我们已经到达"龙口"，这时还不到吃午饭的时间。

村子里的小孩子们都围上来围观刘的车。

孩子们的脏手上来摸他的车玻璃，他仍然好脾气地笑着。

任姨家的房子是一幢二层的小洋楼，看上去宽敞干净。

我把任姨手里的水杯接过来，递给刘。

他跟我说谢谢的时候，手机响了，好像公司有什么急事。他匆匆地喝了几口水就上车返程了，连午饭都没来得及吃。好几个乡下孩子追着车子玩，还有几个一直围在门口，好奇地盯着我和丁轩然。

"去去去，回自家玩去！"任姨赶走他们，抱歉地跟我说，"瞧，你爸爸大老远把你们送过来，连饭都没吃就走了，我这心里老过意不去。"

"别乱喊啊，任姨，"丁轩然赶紧替我解释，"那不是爸爸，是叔叔。"

"哦？"任姨显然没想到，不好意思地招呼我说，"来，上楼去看看你们睡觉的地方，中意不中意？就是晚上蚊子多点，不过我让多味买蚊香去了！"

正说着，一个高个子的黑黑瘦瘦的男孩跑进屋来，见了我们，轻轻地"啊"了一声。

丁轩然迎上去跟他拥抱，男孩有点不好意思，手里捏着蚊香，脸上的表情很是害羞。

吃午饭的时候，我才看到阿妹，她刚放学，背着书包，挨到饭桌前面。

她有一双特别好看的眼睛，大大的眼珠像玻璃球一样。

多味把她一拉，让她喊人，她喊了，兄妹俩都是动不动就脸红的那种。

丁轩然拿出礼物来分给他们，多味的是一双漂亮的球鞋，阿妹的是一条新裙子，还有任姨的，一个都没少。难怪他一个大包塞得满满的。

"都是我小姨买的。"丁轩然说，"她的品味你们也知道啦，将就点。"

"怎么这么说你小姨！她最会买东西了，她买的东西肯定错不了。"任姨端着一大碗红烧鸡出来，"开饭喽。雅姿，来，洗了手上桌吃饭。"

看样子，她一点儿也没把我当外人。

那天下午，阿妹穿着新裙子上学去了。

多味一溜烟不知道去了哪里，任姨骂："这臭小子，客人来了也不知道陪着到处转转。"

丁轩然说："没事的，任姨，这里我很熟，我可以自个儿带雅姿玩。"

"怎么多味不用上学吗？"我问。

丁轩然竖起一根手指，示意我不要多话，等任姨走了，这才低声对我说："多味辍学三年啦，其实他成绩不错的。"

"那为什么？"

"他读初三那年，任姨忽然生了场大病，家里要人照顾，多味的功课就停下来了。虽说现在家里条件好起来了，但他却跟不上课程了，没办法。"

"可是为什么不是阿妹辍学呢？"我说，"女孩子不是更能干一些吗？"

"是吗？"丁轩然说，"我可看不出你哪一点儿比我能干。"

我不理他了，他却正儿八经地对我说："告诉你吧，阿妹不是任姨的亲生女儿，她是任姨从路边捡来的，所以啊，宁肯亏了自己的儿子，也不能亏了别人的女儿，任姨就是这样的一个好人，明白吗？"

我真的没想到，不由得对任姨心生敬意。

很久没来乡下了，清新的空气令我备感舒畅。

丁轩然带着我在村子里转悠了两个小时，我们经过一片小小的湖，不知道是不是光线的原因，湖水是奇异的暗蓝色。

我忽然看到多味坐在湖边，手里捏着画笔和本子，看样子是在写生呢。

丁轩然跑过去："多味，原来你跑来这里了，你在画什么？"

多味赶紧把本子收起来说："没，瞎画画。你们玩吧，我该回家帮阿妈做事了。"多味说完，赶紧跑掉了。

丁轩然叹息道："多味喜欢画画，他最大的理想就是考上中央美术学院。"

"那他就去考啊。"我说，"任姨应该支持他才对。"

"文化课落下太多了，不是那么容易的。其实，我妈当时都愿意出钱让多味到城里来借读，跟我住在一起，可是我任姨这个人啊，就是怕麻烦别人，死活不干。"

我跟丁轩然一路聊着往回走，刚走到家门口，就听到阿妹和任姨争执的声音，阿妹气呼呼地说："我就是不住楼下，多味为什么不住楼下！"

任姨说："你哥是男孩，跟轩然睡一张床不要紧。再说了，你那张床又不大，你挤着雅姿她会不习惯的。"

阿妹："我就不，城里来的了不起吗？"

任姨："好好好，我把房间让出来给你，我住楼下。"

接下来是多味的声音："阿妹！你闭嘴！"

然后是阿妹低低的抽泣声。

我看了看丁轩然，他轻轻地拉我一把，我们绕到房子的后面去，打算过会儿再回去。丁轩然看着我说："别不高兴啊。"

"我哪里有。"他把我当什么人了！

"其实，阿妹也是蛮可爱的，就是自尊心强些，你别怪她。"

我朝丁轩然笑笑。他目不转睛地看着我，然后认真地说："雷雅姿，我希望你在这里度过快乐的一星期，把那些不快乐都忘掉！"

我的心一下子变得软软的。

过了好一会儿，我跟丁轩然才进屋去。任姨问："去哪里玩了，我正说让多味去找你们呢。"

"就在前面。"丁轩然说。

任姨又说："山那边不要去，搞不好会迷路的，要去让多味带着你们去。"

我看到阿妹坐在那里写作业，脸上的泪痕还未干。

我走过去问她："做什么作业呢，要期末考试了吧？"

她嗯了一声。

我发现她在做初二的数学，在一道题目上卡住了。

我提示她一下，她很快就明白了，轻声跟我说："谢谢。"

我推推她的胳膊："不好意思，晚上睡觉要挤着你啦。"

她抬起大眼睛，有些惊慌地看着我说："不用挤的，我睡楼下好啦。"

"那可不行。"我赶紧说，"我会害怕，会睡不着的。"

阿妹看了一下丁轩然，丁轩然看了一下我，我扭过头看阿妹的作业。

任姨又端着一大碗红烧鸡出来说："来来来，开饭喽。"

任姨不停地替我和轩然夹菜，我饱到走不动。

山村的夜很宁静。

还不到 10 点，家家户户都落了灯，早早地上床休息了。

阿妹趴在小桌上写作业，我朝窗外望去，一轮半圆的鹅黄的月亮寂寞地挂在墨黑的天空。

任姨敲门进来，手里提着一个半旧的风扇，温和地对我说："这里比不得城里，也没有空调，你要是热，就用它扇扇吧。"

她又说："阿妹，早点睡，明天还要上学呢。"

任姨说话总是那么轻声细语，不管是不是她的亲女儿，不管女儿是不是懂事，当她看着女儿的时候，她的脸上，都有一种属于母亲的特别的光彩。而我的妈妈……想到妈妈，我的心又开始暴躁不安。

她没有电话来，反而是刘有电话，问我习惯不习惯，他成了我妈妈的秘书。

我问："我妈呢？"

刘说："她有急事去了北京。"

"你知道她去北京做什么吗？"

"谈一个项目吧。"刘说。

不知道他是骗我，还是真的也被蒙在鼓里，反正我知道，妈妈这次去，肯定不是谈什么所谓的项目。

当然，她既然不让我知道，我也用不着关心她。

我把手机关机了，让她想找我也找不到。

丁轩然跑来敲门，我出去，问他："有事吗？"

"有好看的东西，"丁轩然说，"快点下楼来看。"

我跟着丁轩然来到楼下院子里，丁轩然一指天上，我当时就呆住了。

我从来都没有看到过那么多那么亮的星星，像被人随意洒下的钻石，密密麻麻地铺满了整个天空。

在这之前，我只在几米的画里见过这样的星空，我从来没有想过，星空真的可以这样美不胜收。

"美吧？"丁轩然问我。

"嗯。"我抱起双臂。

"你冷不冷？"他问我。

"不。"我转过头看他，他的眼睛也像两颗星星，让人心慌意乱。

"雷雅姿。"他说，"谢谢你。"

"谢什么？"我不明白。

"阿妹的事。"丁轩然说，"我没看错，你是一个很善良的女孩呢。"

气氛又变得别扭起来了，星星努力发着光。我低下头说："我要去睡啦。"

"做个好梦啊。"丁轩然在我身后喊，"休息好，明天带你去爬山。"

我进屋，透过狭小的窗户看星星，星空就没那么张扬了。

我想起丁轩然说过的：要是不开心的时候，就看天边最远的那颗星，告诉自己，其实自己并不是最坏的那一个。还有他问我冷不冷，他跟我说谢谢的样子，我把眼睛闭起来，我想我被星星骗了，这只是幻觉，我并不喜欢陷入那种情绪里去，我依然只是那个孤孤单单的、不开窍不漂亮的小女生。

我有些睡不着。

阿妹做完作业，挤上床来，靠着我躺下。

灯熄了，我在陌生的地方陷入黑暗，还真庆幸有她陪在我身边，不然我恐怕真的会怕。

我翻了一个身，阿妹问："睡不着吗？"

"不是。"我说，"你快睡吧，明天还要上学呢。"

"你是轩然哥的女朋友吧。"阿妹忽然问。

"不是啦。"我赶紧说，"我们只是同学而已。"

阿妹在黑暗里笑了，她说："你是不是很瞧不起我们乡下妹子，认为我们什么都不懂。"

"不是啦。"我说。

"你们城里人都假假的。"阿妹说，"我不喜欢你们城里人。"

我不知道该怎么回答她。

她的语气是很不友好的，和白天的那个她完全不一样，和任姨的温柔完全不一样。她翻了个身，好像睡着了，再也不说话。

离开妈妈的第一个晚上，我梦到了妈妈，她是那么美丽。或许，我也和阿妹一样，是从哪里捡来的，所以，我们母女之间，才会如此格格不入，永远无法相融。

清晨，阿妹上学早，我也起来得早。

任姨正在院子里种菜，见了我问："睡得还好吗？来，我弄早饭给你吃。"

"谢谢你。"我说。

"这么客气干吗？"任姨对我说，"轩然昨晚跟多味下棋，不知道下到几点才睡，估计这两人还要一会儿才能醒。你先趁热吃饭，我去把菜地浇完。"

阿妹背着书包，拿了一个烙饼就往外走。

我喊她："不喝一点粥吗？"

她好像没有听见，头也不回地飞快走了。任姨不好意思地跟我说："乡下丫头，没修养，你别介意啊。"

"没什么。"我说，"早上上学都是这么急的。"

任姨叹了一口气，走了。

稀饭和烙饼都很好吃，我吃得饱饱的，独自走了出去。我还想去看看昨天的那个湖，于是我靠记忆往前走。我很快就看到了那面湖，湖水还是那么奇异的幽蓝。

我在湖边独自坐了一会儿，乡村清晨的空气甜美极了，只有丁轩然这种笨蛋才会在这个时候睡大觉。

坐了好一会儿，我站起身来，沿着湖边继续往前走，看到两座小小的山峰，不高，就在不远处安静地立着，满山都是养眼的绿色。还是清晨，都市夏天的烦闷在这里消失殆尽，清新的空气、清新的风让我身不由己地向前，向前。

我来到了那座山峰前。

四周都没有人。

我看了一下，山不算太高，于是我打算去山上看看。

那是一条很明显的上山的路，所以我压根没有想到自己会迷路。

当我玩够了下山的时候，我发现我下来的地方并不是我刚才上去的地方，我无论如何也找不到刚才的那个湖了。

我开始有点慌。

我的手机关了机，放在阿妹房间里，没有带出来。

我没有目的地往前走，越走前面的路越陌生，最要命的是，我看不到一户人家，好像越走越荒凉。

我估计我是完全走错方向了，于是我返回，往山上爬，思索着是不是应该爬到山的那一边去。

就在这时候，变天了，山风猛烈地吹起来，雨点已经开始洒落在我身上，而我竟然找不到一个避雨的地方！

就在这个时候，我听到了有人在喊我的声音：雷雅姿，雅姿……

声音忽大忽小。

我高声应着，唯恐它会突然消失。

雨开始越下越大，风开始越刮越猛，我差不多是寸步难行，只能停在原地大声地一遍一遍地应着："我在这里，我在这里！"

终于，我看到了出现在前方的身影，跑在最前面的是丁轩然，后面是多味还有村子里一些我不认识的人。丁轩然一直跑到我面前，用雨衣把浑身湿透的我一裹，大声地骂我："你怎么一个人跑出来了，手机也不带，你想吓死我们啊！"

他的眼睛瞪着我，他也是全身湿透。

"雨会越下越大的，先回去再说吧。"多味说。

下过雨的山路特别难走，我不让丁轩然扶，结果老是摔跤，后来，差不多是被丁轩然和多味扶着回到了任姨的家。

一进家门，就看到任姨在打阿妹，用长长的竹鞭子，一下子抽到她穿着新裙子的单薄的身子上。

阿妹抖动了一下，没有哭。

丁轩然放开我，冲上去一把夺过了任姨手中的鞭子。

第六章

奇怪的兄妹

阿妹跌坐到地上，她的头发已经半湿了，脸上的表情是不屑的。

　　任姨伸出手，要去抢丁轩然手里的鞭子。

　　"别打了！"丁轩然将鞭子放在身后用手臂挡住任姨。多味也上前，沉默不语地抓住任姨的手。

　　任姨喘着气，屋子里的气氛是凝固的。

　　然后，任姨转过头来看到了像落汤鸡一样的我，她尖叫起来："雅姿，你淋到雨了，快把身上擦干！多味，你去多烧一点热水，快！"

　　"我去拿点感冒药。"丁轩然说着，冲上了楼。

　　"我知道你看我不顺眼。"阿妹仰着脸大喊，"自从这个城里的女孩来了以后，你更加看我不得！”

说完，阿妹如火的目光转向我。

“你闭嘴，我现在不跟你说这些！”任姨也许是觉得阿妹当着我的面说这些话很不妥，脸一下子就涨红了。

“阿妹，你就少说几句不行吗？”多味也插话。

“你们都嫌我多余，那我出去淋雨好啦，反正也不会有人心疼我！”阿妹说着站起身来，不顾外面茫茫的大雨，冲了出去。

多味看了看妈妈，任姨无力地朝他挥挥手，示意他去追，他拿了两件我们刚丢到地上的雨衣，追了出去。

丁轩然拿着药从楼上跑下来，不明就里地问：“怎么了？”

“不管他们！”任姨说，“雅姿，你快去换衣服，我去替你烧热水，洗个热水澡！”

我看着这混乱的场面，双腿越来越软，脑袋越来越沉，意识仿佛已经抽离出来，只剩下轻飘飘的躯壳。

我费了好大的劲儿才对着丁轩然说出一句：“去追阿妹。”说完，我就倒了下去。

等我稍稍清醒些，发现自己躺在床上，身上盖得很厚，全身发热，口干舌燥。

“热……热……好热……”我试图掀开厚厚的被子。

"别，雷雅姿，你发烧了，要出汗才好！"一双手按住我的手，虽然隔着被子，我依旧感觉到丁轩然手心的温度，蒙眬中看到他焦灼的脸。

"以后要听话，不要随便乱跑，这地方你不熟，万一出了什么事，让我怎么向你妈妈交代。这……多让我担心！"

丁轩然居然说出这样的话。

我虽然晕晕乎乎，但也看出了他的紧张和不安。

"我想喝水。"我不得不转移话题。

"好，你等等！"他起身去给我倒水。

我还在想着他的话，"担心"是多么暧昧的字眼。

男生对女生说出这样的词语，是不是就意味着什么。

"来，喝水。"

想着想着，丁轩然已经把杯子拿到了床边。

他轻轻托起我的背，无限温柔地将杯子递向我嘴边。

我更加眩晕了，稀里糊涂地将水往肚子里灌。

"慢点，别呛着！"

天——我突然颤抖了一下，额头上的湿毛巾掉了下来。

丁轩然将杯子放下，将我小心地扶回床上，然后把毛巾放进盆子里拧了拧，又敷在我的额头上。

其实我只是有些发烧，完全能自理，不至于他如此对待。

可是为什么我却心甘情愿地接受着他的呵护，甚至可以说是在享受，甜蜜地享受。

我闭上眼睛。

冰冷的温度从额头窜向全身的每一个细胞，但我的内心却暖暖的。

不知道睡了多久，仿佛每一次睁开眼睛，都能看到丁轩然焦灼的脸，又仿佛是在梦境中。

终于，窗外的阳光在我眼皮上跳动，我微微睁开眼，有些刺目。

丁轩然靠在床头，阳光照在他的脸上，天啊，我发现他竟然有些帅！

"喀！"我咳了一声。

"雅姿！"他突然站起来。

丁轩然看我定定地注视着他，他的脸竟有些微微地泛红，手也不知该往哪儿放，他说："你醒了？感觉好些了吗？"

我点点头。

他走过来摸了摸我的额头，高兴地说："没发烧了！肚子饿不饿，想吃什么？"

这时门开了，任姨端着碗笑盈盈地走进来。

"雅姿，醒了？我给你熬了粥，生病时吃点清淡的对身体有好处。"

"谢谢任姨。"我回她一个微笑。

她放下碗，轻轻摸摸我的额头："不发烧了。唉！你吃苦了，都怪阿妹，你别睬她，她的臭脾气，都是我没管教好！"

"不关她的事，真的。对了，阿妹呢？"

"她没事了。"丁轩然说，"你们女孩子的脾气就是大呀，没办法。"

任姨内疚地说："乡下姑娘没教养，说话不经大脑，你别放在心上啊。"

"别，任姨，昨天的事情真的不能怪阿妹，是我一时贪玩迷了路。"我着急地解释。

"你看，有教养的孩子就是不一样。"任姨端过碗试图喂我。

"我没事了，我自己来。"

我从她手中接过碗，看着她慈爱的眼神，忽然想起妈妈，不知道她现在在做什么，不知道她会不会想我。

算了，我不过是她的累赘，是她的"安排"，何必自作多情！

我甩甩脑袋，大口大口地喝着美味的粥。

丁轩然看着我，很高兴地对任姨说："你看没事了吧？我就说过，雅姿不是那种娇里娇气的女孩子！"

"嗯。"任姨说，"这我就放心了！"

不知道为什么，听丁轩然当着任姨的面夸我，我竟会觉得不好意思，连忙放下碗站起身来说："没事了，我起来活动活动。"

我起床，到院子里伸了伸懒腰，乡间的空气让我觉得神清气爽。

"年轻就是好。"任姨递给我一个大苹果说，"病说好就好。"

我咬下一大口苹果，冲她笑笑，说："我还想出去走走呢。"

丁轩然在我身后大喊起来："你还没走够啊，我陪你去，可千万别再把你弄丢了！"

"还是去那片湖走走吧，我很喜欢那里。"

"好！你陪雅姿去逛逛，早点回来。"任姨嘱咐。

幽蓝的湖水依然像星星的眼睛，我和丁轩然默默地伫立在湖边。

一场高烧，让我们之间变得有些别扭，仿佛大家都不知道该如何开口，开了口，又该说些什么才好。

远远地，看见多味埋着头朝这边走来。

"多味！"

听见丁轩然的喊声，多味惊慌地将什么东西藏在身后。

这增添了丁轩然的好奇。

"哦，多味，你鬼鬼祟祟地做什么？是不是收到女孩子的情书？"

丁轩然边说边蹿到多味身后一把抢过他手中的东西。

原来是一本荣誉证书。

"哇！多味，你小子行啊！绘画作品得了二等奖，还是全国性的比赛！"丁轩然将拳头捶向多味的胸口，"这是好事，干吗还躲躲藏藏的？"

多味夺过证书，没好气地说："好事又怎样？还不是徒劳无功空欢喜！"说完疾步走开。

丁轩然站在原地一脸茫然："怎么这两兄妹都怪怪的！"

望着多味远去的背影，瘦削而沉重，想必他有许多难言的心事。

"花有不同，人有各样，说不定你在别人眼中也怪怪的！"我回丁轩然，他瞪大眼睛望着我。

他瞪大眼睛的样子有些傻傻的，于是我忍不住笑了。

丁轩然也笑，笑完后，他显得更傻地说："真是笑比哭好，这话没错。"

我的心情莫名地就好了起来，采了一束野花，和丁轩然一起回到家中，我把花往任姨面前一递说："送给你。"

任姨笑起来，好开心的样子。

"我去拿数码相机，"丁轩然对任姨说，"给你照个相片。"

"用我的相机。"我说，"我的是 500 万像素的。"

"算你牛。"丁轩然说，"去吧，我们等你。"

我跑上楼，推开门，我惊呆了，因为我看到阿妹正在手忙脚乱地往我包里塞东西……

如果我没看错的话，那应该是我妈妈的日记本！

我看着阿妹，说不出一句话。

阿妹惊慌地想要往外跑，我一把抓住她，把她推到里面，把门关上了，看着她问："你在做什么？"

"没……"阿妹说。

"你到底做了些什么？"我厉声问道。

"我刚上来，我……我只看到一张照片，你就进来了！"

我气急了，朝着她喊："我跟你说，你不要随便乱动人家的东西！这是最起码的礼貌，你懂不懂？"

丁轩然也从楼下跑了上来，他敲门说："拿个相机怎么这么久，雅姿你没事吧？"

阿妹的样子显得很害怕。

我从包里拿出数码相机，走过去打开门，尽量平静地说："没事，我跟阿妹讲了两句话，顺便看看相机有没有电。"

"快走吧。"丁轩然说，"任姨急着去做饭呢。"

我回头看了一眼阿妹，她的脸上全都是汗珠。

吃晚饭的时候，阿妹依然很紧张，丁轩然不停地讲笑话，我们都笑，只有阿妹不笑。

我并没有告诉别人她翻我包的事情，尽管这件事让我真的很生气。

傍晚的时候，阿妹在院子里读英语，声音很大，像是在发泄着什么。

我轻轻走过去："阿妹，昨天真是不好意思，因我的贪玩害你受委屈了。"

她继续读着，仿佛没有听见我说话。

"其实我挺羡慕你的！"我在她身边坐下，自言自语。

"虚伪！"她把英语书一下子丢到地上，"你人漂亮，又有钱，是城里的大小姐，我有什么值得你羡慕的！我知道你是来兴师问罪的，不过我真什么也没看见，就看到一张照片而已。"

"阿妹，"我抱紧双臂望着远方淡蓝的山峦，"城里的繁华暗藏着太多的悲哀，人与人之间的感情也十分纠结，就算是亲人，也不一定能坦诚相待。有时我真希望我妈妈能像任姨打你那样痛快地打我一顿，我会觉得被打是一种幸福呢！"

阿妹不理解地望着我："你不会是烧还没退吧？"

我冲她笑笑："你看呢？"

她不作声。

"我想有一天，你会发现你比我幸福多了，你不应该抱怨任姨任何。"

"你在教训我吗？"她问。

"不是。"我说，"我只是说出我内心的感受而已。我没有见过比任姨更温柔的母亲了，比起我自己的妈妈来，她好出许多倍。"

"那你妈妈是什么样子的？"阿妹看着我，我能感觉到，她眼中对我的敌意减弱了很多。

"你今天看到的那张照片，就是我妈妈年轻时候的照片，她不太管我，我们之间也不太亲热，就是这样。"我说。

"那你爸爸呢？"

"我没有爸爸。"我说，"也许你不信，我甚至都不知道他是谁。"

"你挺会编故事的。"阿妹说，"你早该知道了吧，我也没有爸爸，没有妈妈，关于他们的一切，我统统都不知道。你这么说，不过是为了安慰我，可惜，我不领情。"

"你错了，谁也不会贩卖自己的不快乐去安抚别人。"我说，"我说的这些，都是真的。"

"你不快乐？"她显然不信。

"是。"我叹息。

"你想什么有什么，你妈妈那么漂亮，丁轩然对你那么好，你到底有什么心事？"她忽然扭头，目光炯炯地问我。

我不知道该怎么答。

"阿妹，雷雅姿！"好在丁轩然及时出来化解了我的困境，"你们俩聊什么聊得那么开心？"阿妹一句话也没说，站起身来，拿着英语书就跑远了。

丁轩然看着我问："你没事吧？"

"有什么事？"我反问他。

他不好意思地抓抓头皮说："嘿嘿，好像是不应该这么问哦，没事就好，没事就好。"

晚上，我揣着妈妈的日记摇着蒲扇到院子里乘凉，坐在竹椅上仰望满天繁星，不知道我们和星星的距离有多远，人与人之间的距离又有多远。

我想着阿妹惊慌地把本子往我包里塞的样子，我真希望她什么也没有看见，是的，她什么也不能看见。

那是我自己都不忍轻易去触碰的一个秘密，怎么可能让阿妹就这么随便地洞悉一切呢。

蒲扇滑落在地上，我弯腰去捡，忽然触到一个硬硬的本子，我还以为是妈妈的日记本从我身上掉出去了呢，吓了一跳，但很快我就发现不是的。

我拿起来借着星光一翻，里面是各种各样的素描，美丽的风景，生动的人物形象，全都栩栩如生，惟妙惟肖。

不用说，肯定是多味遗落在这里的。

果然，多味在院子里转悠着寻找什么东西。

"你是不是在找这个？"我举起素描本问他。

他猛地冲过来，从我手里拿过本子。

"我是在这下面捡到的。"我指指竹椅，表示自己不是故意看他的东西。

"谢谢！"他不好意思地说道，然后掉头就走。

"其实你画得真的很好。虽然我不是很懂，但我也看过不少的画展，你不比那些画家差多少，甚至可以说很有自己的特色。"

他停下了脚步，并未转头："我知道你是鼓励我，可是画得再好又怎样？文化课过不了，我就永远无法实现自己的理想，一切都是空谈！"

"为什么不给自己一些信心？我知道考艺术专业，对文化课的要求并不是很高，只要努力没什么做不到的，与其在这里自怨自艾，还不如放手一搏。"

多味这才转过身看着我："你说我还有可能吗？"

我肯定地向他点点头："中央美术学院还差你一个！"

他笑了，很淳朴的那种笑容，给闷热的夏夜注入了一丝清凉。

我回到房间，阿妹第二天要期末考试，她仍然在桌前看书。

我对她说："不早了，该睡了。"

"你为什么不跟他们说？"阿妹回头看着我说，"我翻了你的包，你为什么不吵不闹？"

"为什么要吵要闹？"我说。

她看我一眼，回头继续看她的书。

我在她的身后说："阿妹，我要告诉你，那本日记不是我的，我从来就不记日记，那是我妈妈的日记。如果两个人之间，需要通过日记来了解，是一件非常可悲的事。所以，你如果想了解我什么，可以直接问我，跟我交流，而不是用这种方式。"说完，我睡了。

第二天一大早，我便看见任姨笑眯眯的，整个人充盈着喜悦。

"任姨，什么事这么开心？"我忍不住问她。任姨笑而不答。

丁轩然偷偷告诉我："多味去报高考补习班了，很有决心的样子，立志要考进美院。任姨一直觉得对不起多味，现在条件好了，难得多味又重新树立了信心，你说任姨能不开心吗？"

我也暗自高兴，为多味，为任姨，也为我自己。

我能尽一份力，也许微不足道，但内心甜蜜，很久没有过这种感觉了，似乎长久以来都挣扎在和妈妈的感情中，纠结而疼痛。

哦，妈妈。

"雷雅姿，你在想什么？"丁轩然用手在我眼前晃晃，"是不是想你妈妈呢？"

"我干吗想她？"我不承认。

"还说不是，你一撒谎眼神就散漫。"丁轩然很肯定他的判断，"你发烧的时候喊了很多次妈妈，想就想了，想自己的妈妈正大光明，为什么遮掩？"

是吗？我发烧的时候喊过妈妈？

"拿去，想她就打给她，世界触手可及！"丁轩然套了一句广告词，将我的手机递给我。

正在这时，汽车的喇叭声传来，刘的车子突然出现在院坝前面。

我拿着手机呆呆地伫立在原地。

刘为什么会突然出现？

"雅姿，你快收拾好东西，跟我走。"刘着急地说。

"上哪儿？"我问他。

"去北京。"

"北京？！"我的心尖锐地闪过一丝不妙。

"放心吧，你妈妈好好的，没事，只是有急事要见你。"刘拍拍我的肩。

刘吃着任姨煎的煎饼，那模样像是匹饿了一个月的深山里的狼。

阿妹和多味看着他的样子，想笑又不敢笑，倒是丁轩然，笑得前仰后合。

任姨硬要将煎饼塞进我包里，让我在路上吃。

阿妹悄悄凑在我耳边说："雅姿姐，谢谢你。"

我明白她谢我什么，竟有些泪湿。

丁轩然拎着我的包送我上车，他将包放在后座上，关上车门。

我坐在前排，摇下车窗跟他告别。

"雅姿，到北京去不管遇到什么事，都不要急，有事打电话给我。"

我点点头，心里泛滥着温暖的海水。

车子在夜色中平滑行驶，刘没有放CD，很安静地开着车。

"能告诉我妈妈有什么急事要见我吗？"我终于按捺不住。

刘平视着前方："本来你妈妈说让你到了北京才告诉你，既然你这么急切，我也不想让你一直猜测。"

我期待着他往下说。

"不过，你先答应我，不准激动。"

"我答应你！"我深深地吸了口气，表示做好了准备。

"其实我是带你到北京见一个人。"

"谁？"

"你爸爸。"

我爸爸？

一时间我脑袋轰然一片，无法思考。

"是的，你爸爸他回来了，要见你。实际上这次你妈妈也是为了他去的北京。"刘镇定地说。

车子继续前行，我似乎失去了重心，像是在飞一样。

我的爸爸……

这个我从来没有见过的人，他忽然从天而降，而我即将要看到他，他到底会是什么样？

　　无数的碎片在我脑海里拼凑，却无法拼出一个完整的画面，最后，只留下一片让人心焦的空白。

第七章

突然而至的爸爸又突然去了

车上，我昏昏睡去。

"雅姿。"刘叫我的时候，我才发现车子已经停在了飞机场的门口。他下车，从后备箱里递给我一个袋子说："替你准备了一些东西，飞机是一小时后的，你在这里等我，我去替你办手续。"

晚上的航班不多，机场里稀稀拉拉几个人，面无表情地穿梭着。我跟着刘进入候机室，不知是困倦还是茫然，我觉得自己已经没了思想和意识。我打开刘递给我的袋子，发现里面是一些零食，甚至还有一瓶花露水。

他可真细心。

"前往北京的 3532 次班机即将起飞，请乘客做好登机准备。"

广播里响起了航空播音员温柔的声音，刘将登机牌等一叠东西递给我，关切地拍拍我的肩："雅姿，一个人行吗？"

我沉默地点点头。

"你妈妈会在那边接你。"他说。

"谢谢你。"

"瞧你！"他笑，"跟我客气啥？"

"刘叔叔。"我第一次叫他刘叔叔，我看到他的眼睛亮了一下，他问我："怎么了？"

"我有些怕。"我说。

"没事。"他拍拍我的肩，"要见到爸爸了，应该高兴才对。"

"我想知道一些情况，关于他的，你能透露一点吗？"

刘用一种同情的理解的眼神看着我，温和地说："对不起，关于这些，我一无所知，是真的。不过，你也没什么好担心的呀，还是我刚才说的，要见到爸爸了，应该高兴点才对。"

"我爸爸要是回来了，你怎么办？"我忽然想到这个问题。

刘居然笑了："我没想那么多。"

他说："我只希望你妈妈快乐。她那么美丽的一个女人，应该拥有快乐的一生，你说对不对？"

我回味着刘的话独自登上了去北京的飞机。

飞机起飞了，夜晚的机场慢慢飞出我的视野，黑漆漆的夜空，稀薄的空气，让人无力而寂寞。

妈妈的日记本放在我的双膝，虽然我对一切充满了好奇，但真正可以揭开迷雾的时候，我却变得异常脆弱，没有力气也没有勇气打开它。

我在飞机上又睡着了，我梦到任姨家不远的那片湖，幽蓝幽蓝的湖水，我情不自禁地跳入，却奇怪地没有下沉。丁轩然在岸上抱臂看着我，他穿了一件白色的衬衫，笑容明朗，眼光里充满了爱怜和宽容。我想向他伸出我的手，想让他拉我上岸，但我一直奇怪地保持着我的矜持，一动不动。

醒来的时候，已经到北京了。

北京，对我而言是一座遥远而陌生的城市，但下了飞机的我对这里却没有丝毫的新鲜感，拖着疲惫的身体，我在接机的人群中寻找妈妈的身影。

远远地，我看见了妈妈，她穿着淡紫色的雪纺纱上衣，白色的修身长裤，显得高贵而典雅。

我并没有急步而行，虽然我也想像其他小孩一样飞奔着扑进妈妈的怀里，但是我倔强地坚持着我的冷静。

妈妈同样冷静，对我点点头："飞机挺准时的。"

我微笑，和她并肩走出大厅。

在路上，我把她的日记本悄悄塞进了背包里。

夜晚的北京灯火通明，整个城市都透着大气的美。

"去××医院。"妈妈对出租车司机说。

"医院？"我惊讶地反问。

"我们先去医院，再回酒店休息，你撑得住吗？"妈妈望着我，眼里藏着温柔。

"为什么要去医院？"我问。

"去了就知道了。"妈妈的眼睛望向窗外，不再言语。这是她一贯的性格，我也早习惯了，所以不再追问。

该知道的，反正总会知道。

我随着妈妈下车，走进医院，穿过医院走廊，再走进电梯，我们都没再交谈。

医院里特有的味道让人觉得呼吸很不舒服，我猜想，一定是他在这儿，可是他为什么会在这儿？

疾病？车祸？

我虽然猜测着，却并不担忧，毕竟，对我来说，他和陌生人没什么区别。

走进加护病房，在病房前，妈妈站住了，轻声对我说："雅姿，你听我说，里面躺着的那个人是你爸爸，他刚从美国回来……得了绝症，他想见见你。"

是他，是他？

那个我从小心心念念的父亲，那个我内心深处幻想过千万次的形象，马上就要出现在我的面前。

站在病房的门口，我像是被粘上的磁铁，牢牢粘住，怎样也迈不开步子。

"雅姿，"妈妈拽拽我，"进去吧！"

我转身飞奔离开。

"雅姿，雅姿！"妈妈一路追着我，一直到医院的门口。呼吸到外面新鲜的空气，我才停下脚步。妈妈的头发已乱，眼圈发红，这么多年，我从没见她这么失态过。

我喘着气，她也喘着气。

我摇着头，泪水飞溅："为什么，为什么？我不想见他，不想！"

"雅姿！"妈妈把我拉到里边，"雅姿，你冷静点！"

天上掉下来了一个爸爸，还得了绝症，我怎么能冷静！天！

我拼命挣脱妈妈想要往外跑，妈妈看着失控的我，也不顾周围人的眼光，大声地说："妈妈求你，好吗？"

我张大了嘴，疑心自己听错了。

"求你，雅姿。"妈妈说，"他可能活不过今晚。这是他最大的愿望。虽说以前，他对不起我们母女，但人之将死，一切的一切都不重要了。再说了，如果你此生都见不到你的亲生父亲，你也会觉得遗憾的，对不对？"

我说不出一句话。

妈妈牵住我的手："走吧，乖。"

终于，我终于看到了他，终于，终于我心里的碎片飞速凝聚，空白被眼前的真实填满，真实与幻想的落差让我一时间无法呼吸。

病床上的男人苍老而憔悴，黑黑的皮肤，平淡的五官，颓废的神情，这是我的父亲吗？

医院里的灯明晃晃的非常刺眼，我觉得头晕眼花，犹如缺氧一般。

见妈妈牵着我进去，老男人的眼睛一下子就亮了，颤动着嘴唇望向妈妈。

妈妈点点头对我说："雅姿，他就是你爸爸，快叫爸爸啊。"

我看不清自己的表情，虽然我很想做一个表情，微笑也好，愤怒也好，漠然也好！可是我脸上的肌肉丝毫不能动弹，就像绷紧的琴弦，一用力就会"砰"地断开。

"和你……一样漂亮。"他终于吐出一句话来。

"她叫雅姿，成绩很好，现在快升高中了，是直升的呢。"

妈妈说。

男人艰难地从床上坐起来，对我招招手。妈妈赶紧过去扶他。

灯光太刺眼了，我怕再待下去，一定会被烤化在这里。

我必须离开，窗外是黑暗的天，我的视线才不会受伤害。

"雅姿，"妈妈伸出手，把我用力地拖过去，颤声说，"过来，跟爸爸说两句话。"

我感觉到妈妈的不安，于是听话地走上前，但是我的嘴唇只是动了动，因为我实在不知道该说什么。

他伸出手来，像是要摸我的脸颊，我下意识地躲开了。他的手识趣地迅速缩了回去。妈妈俯下身，拍拍他说："你看雅姿，长得像谁？"

"我。"他毫不犹豫地说。

我再也无法忍受，转身冲出了病房。

走出医院的大门，我无所适从。

我该到哪里去呢？

北京这么大，这么陌生，谁可以收留我呢？

突然之间，我想到了丁轩然。

拿出手机，拨他的电话号码，我的手指怎么也不听使唤，老是拨错数字……

"喂——雅姿，你到了吗？"听到丁轩然的声音，我的喉咙哽咽着，一句话也说不出。

"雅姿，雅姿……你怎么了？你说话呀？能听到我的声音吗？是不是电话信号不好呀……"

丁轩然怎么这么多问题？

"哇——"

我放声大哭，就像压抑的洪水暴发，汹涌而泛滥，不可逆转。

"雅姿，发生什么事了？你别哭呀！好好说。"

我继续哭，有几个往来的病人用奇怪的眼光注视着我，我顾不了那么多，如果不哭出来，我怕我会顷刻间爆炸。

丁轩然没有再问下去，静静地听我哭。

我累了，坐在石阶上轻轻地抽泣。丁轩然一直耐心地等着。

终于，我轻声说："丁轩然，我没事了。谢谢你！"

"雅姿，我不知道你遇到什么事了，可是我敢断定是不开心的事，如果你不愿意说就别说。哭出来是不是舒服些了？"

"是的。"我吸吸鼻子，"好想和你在任姨家的院坝里看星星，还有那片湖，我真的喜欢。"

"等你从北京回来，再来吧！我在这儿等你，任姨、多味和阿妹都很想你哩！"

清脆的脚步声在我身后停住，我知道是妈妈。

我挂了电话，迅速起身。

"他很高兴。"妈妈说，"谢谢你，雅姿。我们走吧，明天再来。如果，明天还能见面，跟他聊一聊也好啊。"

我一开始没明白妈妈说的"如果，明天还能见面"是什么意思，等我明白过来，我全身开始颤抖，止也止不住。

"我们走吧。"妈妈轻拍我的肩，走上前去拦出租车。她很淡定，似乎什么都没发生。

躺在酒店舒适的大床上，我伸展着双臂，什么也不想，极度的疲累让我很快就进入了睡眠。

我没有做梦，这一觉睡得很沉很沉。我醒来时，发现妈妈坐在我的床头凝视着我，眼里是不常见的要命的温柔。

"雅姿，睡好了吗？"

我笑笑。

"那妈妈想跟你谈谈。"

我坐起身，理理长发，抱住双膝，静静地注视着妈妈。

"我知道突然间让你接受你的爸爸还活着，这是很困难的事。请相信，妈妈也不愿意这样，我并不希望他再出现在我们母女的生命里。但是他已经是癌症晚期了，本来他在美国会有更先进的治疗，可是他不远万里回中国来度过他最后的日子，就是为了见你一面，你说我怎么忍心拒绝一个在垂死边缘的人最后的请求，纵然过去他再对不起我……"

妈妈的眼圈红了，但是她没有在我的面前流泪。

"他对不起你？"我疑惑地睁大眼睛。

"我的日记里不是已经写了所有的经过吗？"面对我的疑惑，妈妈也迷惑了。

哦，日记，那本日记。

我从枕头下抽出那本红色封皮的日记，递给妈妈。

"我一直很想知道你和爸爸的故事，但我又没法说服自己打开它，它就像是一个诱惑，远远的，想触碰，靠近了又让人恐慌。所以它一直搅得我心乱，现在交还给你，我的心才可以平静下来。"

"你真的不想知道一切吗？"妈妈接过日记，用纤长的手指触摸着封皮。

"我想每个人都应该有自己的秘密吧！妈妈，你有你的秘密，我有我的秘密，就让我们都保留在心底吧！"说这句话的时候，我脑海里居然闪过丁轩然关切的眼神，我觉得自己的脸微微发烫。

"雅姿，你真的长大了！"

妈妈轻轻地搂住我，我闻到她身上淡雅的清香。我们很少有这种亲密的举动，但我一点也不觉得尴尬，反倒很自然，我闭上眼睛，幸福地沉醉在这一刻。

之后的几天，我们都到医院去陪着他。我很奇怪，除了护士、医生和我们母女，似乎没有别的人来看望他。

难道他就没有亲戚朋友什么的？

不过我不想多问。

我给他倒水，削苹果，喂药……

他总是问我一些很无聊的问题，比如你平时喜欢做什么？以后的理想是什么？学习很辛苦吧？和妈妈吵架吗？

他似乎想用几个问题就轻松地走进我的生活，真是很愚蠢。

我总是用最简洁的话来应付他，他却满脸笑意，很满意的样子。

每当妈妈和他聊起一些过往的事，我就会悄然退下，到草坪上去走走。

夏日的太阳很烈很毒，我总是坐在树荫下看着来来去去的人，想着每个人背后都有不同的故事吧！

我想到了丁轩然，不知道他现在在做什么，于是我给他发短信："我见到了我的父亲，与我想象中截然不同。"

很快，收到他的回复："无论怎样，他都是你的父亲，这是血缘，改变不了的事实。"

"他生命垂危，我对他没有感情，不知该怎么办。"

"我只想对你说，有些事情过去了就回不来了，别让自己今后后悔。"

远远地，护士朝我冲来。

"小姑娘，你是特护病房 24 床的家属对吧？"

我点点头，似乎预感到了什么。

"你快进去吧，病人快不行了！"

我跟着护士小姐奔向病房，一路上我的心"咚咚咚"跳得很厉害，我想用手压住它，可是根本没有用。

他戴着氧气罩躺在病床上，身体很小，像是蒸发了所有的水分。妈妈坐在床边握住他的手。他的眼神满是渴求，对生的渴求，那么急切，那么强烈。

看见我，他的瞳孔闪烁了一下，像火柴的光芒。

我轻轻走到他面前，他的目光艰难地跟随我的身影，我握住他的另一只手，没有丝毫挣扎与犹豫清清楚楚地喊出："爸爸——"

刹那间，他的瞳孔放射出璀璨的光芒，那一刻，他不像一个病人，倒像一个获得新生的生命。

只是一刻。

光芒渐渐熄灭，他急促地呼吸后终于获得了永久的平静。

我没有流泪，只是很恍惚。

医生将白色的床单拉上盖住他的脸，所有的一切即刻变成了苍白。

妈妈跟我紧紧拥抱，我听到妈妈轻声对我说："谢谢。"

她说："谢谢你，雅姿。妈妈知道，你是一个善良的好姑娘。妈妈年轻的时候，如果能像你这样，也许，故事就不是这样的结局。"

妈妈的眼泪滚烫，我无从揣测年轻的时候美丽漂亮的她曾经为这个已经死去的男人流过多少次的眼泪，但今天的眼泪，我知道是不一样的，隔着永远都无法再超越的距离，爱与恨算得了什么呢？

又还能算什么呢？

那夜，我和妈妈在宾馆里聊天。长这么大，这是我与妈妈之间最亲密最坦然的一次交流。我问妈妈："你恨他吗？"

"不恨。"妈妈说，"其实，我从来就没有恨过他。"

"你们分手是因为什么？"

"因为你。"妈妈说，"我当初执意要生下你，可是他不愿意。"

"他为什么不愿意，你为什么又非要生我呢？"

"他不愿意是因为喜欢他的女孩太多了，他并不一定要娶我。而我一定要生下你，是因为我太爱他，我要留下他的孩子，这是必须的。"

　　哦，我的漂亮妈妈，原来她曾经爱得如此奋不顾身。

　　"可是，妈妈，"我还是有些不明白，"你这么美，他那么丑……"

　　"不是。"妈妈打断我，"你错了，你爸爸年轻的时候，真的很帅。更何况，喜欢一个人，跟他的容貌其实是没多大关系的。"

　　"那你是不是一直后悔生下我呢？"

　　"怎么这么说？"

　　"因为我感觉，你一直都不是很喜欢我。"

　　妈妈的手放到我肩上："雅姿，妈妈想问你一个问题，真正的爱是什么？"

　　我答不上来，睁着眼睛看着她。

　　"妈妈很爱你。"她说，"我希望你以后会慢慢明白。"

　　我把头歪过去，脸靠着她的手，她手背的温度让我觉得安心，这一刻，我对妈妈没有任何的怀疑。

　　"雅姿，我们回家吧！"妈妈轻声说。

　　是该回家了。

我决定回去好好陪陪妈妈，于是我打电话给丁轩然，告诉他代我向任姨他们问好，我不再回那里了。丁轩然说他明白，等他回去，我们再见。

下了飞机，却意外地看到刘叔叔和丁轩然，他们竟然都等在出口处。我多日阴郁的心因为见到那个笑脸，竟然像一下子招进了一道灿烂的光。

"他说什么也要来接你，"刘叔叔说，"我只好带他来了。"

"好朋友嘛，"丁轩然看着我妈妈坦然地说，"我们应该互相关心。"

妈妈笑了。

趁着妈妈和刘去放行李，丁轩然问我："雅姿，你还好吗？"

"嗯。"我说。

"我很为你骄傲。"他说。

我惊讶地抬起头看着他。

"因为你比我想象中要坚强许多。"

我的内心充满了对丁轩然的感激，要知道这个时候，我是多么希望听到这样的话，这些话，足以让脆弱的我有了坚强下去的理由。

这个暑假我很少出去，和妈妈静静地待在家里，有时说说话，有时各做各的事。但彼此能感到对方的存在，是一种无声的安慰。

我们谁都没再提爸爸，仿佛北京之行是一场梦，梦醒后，我们的生活如旧。

季郁打电话叫我去游泳，我懒懒地说不想动。

"雷雅姿，你要多运动，小心变成小肥猫。"季郁提高分贝。

"不会啦！我怎么吃也不会胖，不像你，喝水也长肉！"我打击她。季郁是很容易长胖的体质，一不小心脸蛋就像大苹果。

"好了好了，不去就算了，哪壶不开提哪壶！"季郁气鼓鼓的，"还想趁这个暑假和你好好玩玩，也不知道高中我们还会不会在一个班。"

听她这么一说，我的鼻子倒有些发酸"亲爱的，我有预感，我们肯定在一个班！"

"真的！"她夸张地大叫，"你的预感准确率多少？"

"百分之九十九点九！"

"嘻嘻，雅姿巫婆，不要光吹哦，灵验不灵验，到时候就知道了哦。"

"好啊。"我说。

"真不出来游泳？"

"嗯，不去了。"

"肯定是有帅哥约你了吧，重色轻友！"

"不要乱讲。"

"如果是，我扁死你哦。"

"扁吧，扁吧。"我说。

电话刚挂，门铃就响了，我开了门，站在外面的居然是丁轩然，他扛着一个游泳圈气宇轩昂地说："雷雅姿，游泳去吗？"

我正纳闷呢，后面闪出的竟是季郁鬼灵精怪的笑脸，一副捉弄了我之后万分得意的表情。

第八章

春天的绿袖子

最终，我被他们拖出了门。

丁轩然没有带我们去普通的游泳馆，而是市区一个新建的室内豪华游泳俱乐部。

进门我才知道价格——50 元一小时，吓了老大的一跳。季郁有点儿不好意思地对丁轩然说："今天可真让您破费了！"

丁轩然哈哈大笑地说："请到二位美女可是我的荣幸。"说这话的时候他的眼光落到我的脸上，我装作看不见，把头扭向另一边。

到底是高档场所，游泳池里人不多，可以放开来尽情地游。

我发现丁轩然其实有很健康的体魄，游泳水平也高，笑起来有很白的牙，活脱脱一个阳光男孩。

只是不好意思多看他，我竟然脸红了。

季郁的水平很菜，在水里站不稳，动不动就大声地尖叫，我很费劲地在一边扶她，累得不轻。

丁轩然游过来问："要不要帮忙？"

"不用了！"我朝他笑笑，"你自己玩好！"

"都是同学，这么客气？"丁轩然说。

"是啊，是啊！"季郁一边说一边把手伸向丁轩然说，"不如你来教教我！雅姿那水平做教练还不够格！"

我退到游泳池边看他们游，丁轩然轻轻地托着季郁的腰，季郁穿了金黄色的泳衣，头仰在水面轻轻地笑，像一条美人鱼。

我想我和季郁不一样，我是怎么也不可能让男生教我游泳的，我一定会觉得别扭极了，但……如果此时此刻，我是季郁的话……

我把头埋在冰凉的水里，我内心的渴望让我自己惊觉羞耻。

头抬起来的时候，我竟然看到了刘。

刘朝我微笑说："怎么不去游？"

我傻乎乎地说："你怎么在这里？"

丁轩然和季郁一起朝着这边游来，丁轩然大声地喊着刘，还是英文名 BEN。

看来，他们比我想象中还要熟。

我看着他们，丁轩然嘿嘿笑着说："这么贵的地方你以为我有钱请你来啊，请客的是 BEN 哦。"

我说："讨厌！"

刘说："这么贵的地方我也请不起，请客的呀，是你妈妈。"

我惊讶极了。

刘说："你妈说了，你整天闷在家里，会闷坏的，对身体也不好，所以，让我们带你出来玩一玩喽。"

"嘻嘻。"季郁在一旁笑，"我是沾光的！"

"快游吧。"刘说，"要不，我来教你？"

"不用。"我说，"我泡泡就好。"

"BEN 你下来。"丁轩然说，"我们来比赛。"

"好啊，谁怕谁啊。"刘说。

我和季郁坐在池子边看他们比赛。丁轩然显然比不过刘，有点急了，在他的身后大喊大叫。

季郁忽然在我身边小声地说："他很帅。"

"谁？"我问。

"丁轩然啊。"

我的心里有种莫名其妙的微酸。

"他很喜欢你。"季郁又说。

"胡说什么呀！"我叫起来。

"我没有胡说。"季郁很认真地答。

我跳进了水里。

那天晚上回到家里，妈妈已经洗过澡，正在喝酸奶，她连喝酸奶的样子也是那么优雅。

我把湿乎乎的泳衣拎在手里说："谢谢你。"

我妈说："谢我什么？"

我说："谢谢你请我游泳，不过我想下次还是我们母女去比较好。"

妈妈说："怎么了，玩得不开心吗？"

"不是。"我说，"我不喜欢和男生一起游泳。"

她居然哈哈大笑。

没过多久，学校就开学了。

"雅姿，你是神，你是天使！"当季郁搂着我在编班名单前大喊大叫时，我才发现自己随口说说的预感竟成了现实！真是令人惊讶。

更让我惊讶的是我居然在本班名单上看见了丁轩然的名字。我正发呆地想着此丁轩然是不是彼丁轩然时，有人拍了拍我的背。

"嗨！雷雅姿，好久不见！"

转过头，我看见丁轩然夸张的笑容。

隔了一段时间没见面，我们彼此自然了许多，内心的一些感觉都被小心地搁浅在心底。

不过他看着我的眼光，还是让我有意无意地想躲避。

座位很快就安排下来了，季郁和丁轩然竟成了同桌，而我的同桌是一个戴眼镜的男生，名叫凡迪。

"请多关照！"他向我颔首，"听说你是直升的，想必成绩一定很不错，以后请多帮助我。"

他这样客气，弄得我怪不好意思的，只好说："大家都互相帮助。"

丁轩然远远地望过来。

放学的时候，季郁和我一起走，丁轩然忽然从后面冒出来，跟我们说："嗨！"

我也说："嗨！"

季郁在一旁笑。

我们陌生得有些不像话。

回到家，妈妈问我第一天上学还习惯吗。

我说还行，居然和季郁分在一个班。

"那很好呀，你们俩是好朋友。"

"嗯。"我点点头，没有提丁轩然。

家里的电话响起，妈妈无动于衷的样子。

我只好跑过去接。

"如果是刘，就说我不在。"妈妈走回了自己的房间。

"喂，你是雅姿吗？我是刘叔叔，叫你妈妈听电话好吗？"

"她——她不在。"我不得不撒谎。

"我知道她在，为什么不接我电话呢？"刘的语气很懊恼。

"她真的不在，你晚点打过来吧！"我小心安慰着刘。

不知为什么，从北京回来以后，我对刘的感觉有了微妙的变化，或许我觉得妈妈太寂寞了，或许我生命中最大的谜团已经揭开了，或许我对父亲的印象也清晰地画了一个句号。

我真的希望我美丽的妈妈能得到幸福，而刘，应该是可以给她这种幸福的男人。

我轻轻推开妈妈的房间。

七个寂寞的日子，

堆积成一个寂寞的礼拜。

七个寂寞的夜晚，

堆积成一个寂寞的我

……

妈妈坐在摇椅上闭着双眼，又在听这首老歌。

寂寞的歌声，寂寞的妈妈。

我的心纠结起来，生生地牵扯着。

"为什么不接他的电话？"我的声音打破了妈妈一个人的世界。

她抬起头凝望着我，雾蒙蒙的眼睛里流转着孤独。

"小姿，妈妈的事妈妈会处理，你不用担心，你现在的关键是搞好自己的学习，高中阶段是十分紧张的。"

"可是……可是……我不愿意看见你这么寂寞，我更不想你是因为我才忍受着这样的寂寞，我不要你再听这首歌。"

我哭着冲到 CD 机面前，打开碟盒，取出碟片使劲地掰，试图掰断它。

"不要，小姿——"妈妈也冲过来，抢我手中的碟片。

我使出浑身力气，就是不给她。

"不要……雅姿，这是你爸爸最爱听的歌……"妈妈无力地软软地坐在地板上。

可是，已经来不及了，"当——"碟片碎裂成两半，裂口晶亮，我的手掌很痛，激动的身体在猛烈的拉扯后变得虚脱。

"妈妈，你还在想着他？"我软在地板上细碎地问。

"小姿，我不想多说。有些感情你还不能体会，但是妈妈很高兴，高兴你关心着我。"

"不，妈妈，我懂。只是你为什么不给自己一个机会，也给刘一个机会呢？我记得张爱玲的书上有一句话：你不能忘记是你不想忘记，只要你'想'就一定'能'的。"

妈妈起身，捡起那张断裂的碟片，小心地放进碟片袋里。

"妈妈，我觉得爱情很恐怖。"

"不要这么说。"妈妈抚摸我的头发说，"爱一个人，再苦再累，归根到底都是一种幸福。"

"那妈妈，你幸福吗？"

妈妈缓缓地点了点头。

我的眼泪就要涌出来，我说："妈妈，你要快乐。"

"小姿，我会努力的，但不要强求妈妈，妈妈很累，想休息一会儿。"

我退出妈妈的房间，轻轻关上房门。

周末，我主动打电话约刘出来。

还是那间咖啡屋，还是与刘相对而坐，只不过这次我要了香蕉船。

刘笑了："这才是个乖孩子。"

"我马上就要 16 岁了，应该是少女，不要叫我孩子。"我纠正他。

“雅姿，我觉得你现在挺好。”刘审视着我说。

“什么好？”

“有变化好啊。”他说。

“是吗？那是变好了还是变坏了呢？”

“是更开朗了。”

“哈哈——那是不是更可爱？”

“哈哈——当然。”刘的神情由轻松转为凝重，“如果，如果你妈妈能像你一样改变就好了。”

“这正是我今天找你的目的。”我一副成熟的模样端然正坐，“我想妈妈的改变需要你的帮忙。”

“可是她并不愿意，甚至处处逃避我，我就像在河的对岸望着她，无法靠近，不可触摸。”刘无奈地摇摇头。

“可以的，再宽的河也可以，只需要一条船。”

“一条船？”

“是的，爱——爱就是那条过河的船。”我非常坚定地说。

“真的不能小看现在的小姑娘。”刘若有所思地望着我。

“如果，如果你相信我，我已替你制订了一套过河的方案。”我胸有成竹。

“是吗？那非常感谢。雅姿，我想我需要你的帮助，因为我真的爱你妈妈，希望能给她幸福。”

我的方案之一是走亲情路线，决定先让刘赢得外公外婆的好感，来一个"曲线救国"。

刘睁大眼睛看着我："这么老土？"

"土怕什么！"我说，"管用就行！"

我站起身来："跟我走！"

"去哪里？"

"走嘛！"我拖着他说，"我带你去一个地方！"

当西装革履的刘扛着一袋米出现在外公外婆家门前时，外婆着实吓了一跳。

"外婆，"我闪到前面，"我计算着你们的米要吃完了，于是叫了个搬运工给你们送来。"

"什么？"外婆睁大眼睛看着刘，"不会吧！这位先生是？"

"哎！那么多话，问什么问？快叫人家放下来呀！"外公连忙接过刘手里的米提到厨房去。

"外婆，放心吧，他可是高级免费搬运工，是妈妈的朋友——刘叔叔。"我向外公外婆介绍着。

刘憨憨地笑着："阿姨好！"

"哦，好像听阿宝提起过。来，刘先生，快进来坐，你瞧，麻烦你了，小姿也真是，怎么叫你做这种事呢？"

"没什么，没什么，小事一桩。"刘说着还朝我眨了眨眼睛。

外公外婆执意要刘留下来吃晚饭，刘也没有客气，而且主动下厨，做了几个好菜。

特别是那道糖醋排骨，吃得我好不过瘾！

"没想到刘先生的厨艺还这么好，真是难得啊！我们阿宝今天要不是去开会，也叫她来尝尝。"外婆夸赞道。

"外婆，以后有机会的，今天我就代妈妈把她那份吃了。"我舔着手指说。

"是的，是的，以后有机会，有机会。"外婆望着刘，眼睛笑成了豌豆角。

我暗暗向刘打了个胜利的手势。

第二天刚到学校，就听到同学们议论纷纷。

"什么？明晚王菲要上我市电视台的综艺节目？"

"是啊——还要唱几首歌呢。"

"真不容易啊，这次市里能请到王菲。"

……

同学们纷纷议论着。

王菲可是我的偶像，虽然现在很多同龄人都喜欢S.H.E，或者周杰伦，可是我始终坚持着对王菲的挚爱。

我的MP3里几乎全是她的歌，她空灵的声音能穿透人的心灵直抵灵魂。

"不知道电视台会不会直播呢?"季郁问我。

"我想去现场,你说能行吗?"我非常激动。

"你做梦吧?演播厅那么小,肯定全是照顾内部关系,即使有座位,也不知道多昂贵,更何况不一定买得到。"季郁打击我。

"那……好不容易王菲才来一次……就这样看看电视直播,太可惜了!"我非常懊恼。

"或许我们可以去她下榻的酒店门口等呀,兴许能见她一面,她总不可能不上车下车吧!"季郁又安慰地拍拍我的肩。

"我才不呢!这太笨了!"我虽然喜欢王菲,可这种做法我还是觉得挺幼稚的。

"雷雅姿,放学后我们一块儿走,我有重要的事情要告诉你。"丁轩然特神秘地对我说。

"什么呀?搞得像地下党一样。"在路上,我问丁轩然。

丁轩然向四周看看,确信没有熟人,才对我说"我告诉你,我有个表哥在电视台做监制,他说明天可以让我带一个朋友去现场看王菲的表演。"

"真的?!"我高兴地惊呼。

"小声点儿!"丁轩然示意我压低嗓门,"只能带一个人,别人知道了不太好的！"

"哦，我明白了。丁轩然，谢谢你第一个想到我哦！"

丁轩然不好意思地佯装踢一颗小石子："谁叫我们是老同学，又是不一般的朋友呢！"

他奇奇怪怪地说着莫名其妙的话。

什么"不一般"？何谓"不一般"？我真想问他，但又将话吞了回去。

其实我也怕，怕捅破了这层窗户纸，我们反倒不知所措。

正在这时，刘的电话来了，说他买到了一样东西。

"是吗？"我兴奋地说，"那我马上过来协助你。"

其实刘买到的就是那张有《七个寂寞的日子》的英文歌碟，歌碟有个很好听的名字《春天的绿袖子》。

自从我掰断了妈妈那张碟后，心里一直很愧疚，虽然妈妈没说什么，但是我知道她很心痛。

我甚至跟踪过妈妈去音响店，看见她落寞地走出来。

"你在哪里买到的？我跑了好多地方都没买到。"我激动地拿过刘手中的歌碟翻转着看。

"我自然有我的办法，这就是大人和小朋友的区别。"刘和我说话越来越自然。

我和刘一起回家，我用钥匙打开门，我看到了妈妈的鞋子，知道她已经回来了。

"小姿，回来了？"妈妈在厨房里问。

"嗯。"我回答。

"今天妈妈做你最爱吃的锅蒸牛肉。"

"妈妈，要多煮一个人的饭！我带了个客人。"我朝刘眨眨眼睛。

"谁来了呀？"妈妈一边说一边走了出来。

看见刘，妈妈的微笑瞬间凝固，不过很快就恢复自然。

"阿宝，好久不见。"刘说。

"刘叔叔，你快坐。"

刘说："谢谢。"

"妈妈，刘叔叔给你买了礼物。"我忍不住多嘴。

"小姿，妈妈不是告诉过你别过问大人的事吗？"说完，妈妈朝自己的房间走去。

看着刘傻傻地呆在原地，我连忙推推他压低嗓门说："快去呀！"

刘好似回过神来急步走上去，挡住了妈妈即将关上的房门。

"阿宝，我只是想给你一样东西。"刘激动地说。

妈妈松开了手，刘走了进去。

房门虚掩着，我在外面竖起耳朵偷听他们的对话。

"我听小姿说她掰断了你最爱的歌碟，她很难过，想买来赔你，可是找遍了也没找到。不知道我买的这个是不是？我们来听听。"

刘说完去 CD 机前放歌碟。

旋律幽幽响起，像细碎的花瓣落地，温柔而美丽：

七个寂寞的日子，

堆积成一个寂寞的礼拜。

七个寂寞的夜晚，

堆积成一个寂寞的我

……

妈妈没有说话，静静地听着歌。

"阿宝，我很想和你分享生命中的一切，包括你的寂寞……"

听完刘的这句话，我默默地回到了自己的房间。

刘愿意分享妈妈生命中的寂寞，谁愿意分享我生命中的寂寞呢？

手机突然响起——是丁轩然。

天！不会这么玄吧！难道真被季郁说准了，我是巫婆，想什么来什么？

"喂，雷雅姿，明晚看王菲的事我已经替你搞定了，表哥说了到时在前排给我们安排两个最黄金的位置，如果有机会的话，还可以和王菲合影！"

"是吗？太棒了！"我兴奋地尖叫。

"哇！我的耳膜不保——"丁轩然夸张地说，"雷雅姿，这不像你的风格，不过——挺可爱！"丁轩然说完就挂了电话。真是神经分兮！

一想到明晚可以看到王菲，我的心顿时涨满了喜悦！

更何况，家里一直静悄悄的，我估计，刘叔叔那边也应该是搞定啦！

哦耶！

第九章

成长是不停地遇到陷阱

这一天的课上得很恍惚。

晚上，我匆匆忙忙回到家，吃了一丁点儿东西，就跑到镜子前换衣服，有些像电视剧里的女主角，怎么换都不满意。

妈妈在镜子那边看着我，她端了一杯咖啡，取笑我："我怎么感觉是你要开演唱会？"

我把一条粉红色的淑女屋短裙捏在手里，对着镜子上下比比，看着她说："电视上说，喝咖啡皮肤容易老。"

她笑着说："我早就老了。"

"胡说八道。"我骂她。

她并没有觉得我不礼貌，女人不管在什么样的年纪，总是喜欢听赞美的话，不管这种赞美是何种方式。

黄昏终于来了，我忽然有些紧张，不知道是因为要去见王菲，还是因为别的一些什么，心里有些总是平复不了的小别扭。

临出门的时候，我又换下了淑女屋的裙子，套上我老实巴交的运动服。

妈妈看着我，奇怪地说："怎么回事，不是挺漂亮的吗？"

我说："算了，反正是我看王菲，她又看不到我。"

妈妈笑："衣服很多时候是穿给自己看的呢，没有好衣服，怎么会有好心情？"她穿的又是新衣服，她还是那么美丽。

"算了。"我坚决地说。

"我们走吧。"她并不劝我。

妈妈把我送到电视台的门口，那里人山人海，她找不到停车的地方。

我慌慌张张地跳下车，她给我做一个打电话的手势，意思是我快结束时打电话给她，她会来接我。

我朝她点点头，她的车开走了。

我独自站在电视台的门口等丁轩然。

电视台前围满了歌迷，举着王菲的海报兴奋地喊着："王菲……王菲……"

保安全部出动，唯恐生出事端。

黑压压的人群起伏涌动，我真怕丁轩然看不见我，一个劲地给他打电话可怎么也打不通。

我心里很着急，一些无端的担心就跳了上来。

正在这时，我的手机响起。

"喂，你好，请问是雷雅姿吗？我是丁轩然的表哥。你在哪里？"

我给他说了自己的位置，不一会儿，一个高高大大的男子朝我走来，他满头大汗，挂着一个工作牌。

"雷雅姿？"他问我。

"嗯。"我点点头。

"走，跟我进去吧！"他示意我。

"丁轩然呢？"我问。

"他临时有急事，不能来了，让我安排好你。"

什么？

丁轩然不能来了？

我的脑袋一下子蒙了，像个木偶一样跟着丁轩然的表哥急步穿梭。

终于走入了演播厅，灯光四溢，舞台缤纷。

座位已经被坐得满满的了。

表哥带我走到最前排一个空座位上："就这儿吧，替你留好的，这里可以很清晰地看到舞台上的演员。"

我坐下来向他微笑："谢谢你哦！"

"不用，我去忙了，散场后你一个人行吗？"他问我。

"行的。"我连忙点头。

我坐在那里，四周都是陌生人，突然觉得自己像一只孤独的小舟，很无助。

我再次给丁轩然打电话，可是依旧打不通。

他能有什么急事呢？

一定很棘手，否则他不会失约的。

我恍惚地看着一个又一个的节目，听着旁边的欢呼和喝彩，最初的热情从沸点降到了冰点。

终于，主持人用战栗的声音喊出了王菲的名字。

在观众的尖叫声中，王菲出场了。

她穿着一条简洁的黑色裙子，低吟浅唱，她的神情和电视上一样冷，如此真切地看到她，我原以为自己的心脏会蹦出来，谁知道我很平静，就像在 MP3 里听她的歌一样平静。

歌迷们狂叫着王菲的名字，我旁边的小女生激动地用拳头狠狠地揍在一个男生身上。

有人哭泣，有人挥舞，有人要冲上舞台，被保安拦住了。

我静静地看着这一切，不像是现场观众，倒像是一个局外人。

奔驰的木马让你忘了伤

在这一个供应欢笑的天堂

看着他们的羡慕眼光

不需放我在心上

旋转的木马没有翅膀

但却能够带着你到处飞翔

音乐停下来你将离场

我也只能这样

······

是的，我只能这样。

或许丁轩然在，我会有一些不一样，疯狂与平静有时只是一个微妙的距离。

王菲不动声色地唱着，我的脸颊上凉凉的。

两首歌结束，王菲匆匆地离开了现场，晚会也在高潮中结束了。

我跟着人流走出了演播厅。

激动的男生女生们商量着要去王菲下榻的酒店，我不想坐车，一个人走在深夜的大街上。

夜风吹来丝丝凉意，霓虹灯闪烁着绚丽的光芒。

我突然想起妈妈爱听的那首英文歌《七个寂寞的日子》，我似乎有些懂了妈妈为什么喜欢听那支歌，原来寂寞的人听寂寞的歌就像负负得正，会不那么寂寞。

回到家，妈妈在看电视，惊讶地问我："这么快结束了？怎么不让我去接你？"

"可不，挺快的。"

"看到王菲了吗？"

"看到了。"我淡淡地说。

"别晚上兴奋得睡不着。"

"不会的。"

"看你累成那样子，快洗澡睡觉去。"

"好的，妈妈，你也早点睡。"

我努力挤出一个微笑。

刚刚上床，就接到丁轩然的电话。

"雷雅姿，你回家了吗？"

"是的。"

"那我就放心了，今天真对不起，我临时有急事，没能来。"

"没关系的。"

"节目好看吗？王菲唱了些什么歌？"

"好多吧。"

"好听吗？"

"废话！"

"明天到学校再跟我好好说啊。"

"好吧，现在我很累，想睡了。"

我真的很累，在街上走了太久，双脚软得像棉花轻飘飘的。

"那不打扰你了，晚安，我们明天再聊。"丁轩然似乎意犹未尽，听他的语气倒不像遇见了什么伤心事，那么是什么令他爽约呢？让我独自度过这个本不该寂寞的夜晚。

当然，他有他的世界和他的秘密。

我从小就知道，每个人内心的世界是不能轻易走近的，我很自觉，所以我并不想问。

早晨到校，看见季郁的眼睛肿肿的。

"你怎么了？"我关心地问她。

她揉揉眼睛："昨晚在电视上看王菲太激动了，没睡好。"

"至于吗？"我想她如果知道我亲临现场一定会跳起来掐我的脖子。

"你没看吗？"

"看了，不过很一般，跟最初的期待相差甚远。"我淡淡地说。

当时丁轩然也在旁边，我想我的话他能听懂几分的，不过他没有作声。

"凡迪，你昨晚看电视台的直播了吗？来了好些明星，最后压轴是王菲——我的偶像。"

我的新同桌念书很用功，平时除了学习上的话题和我交流甚少，其实我也很想和他拉近距离。

面对我的提问，他头也不抬地说："我没有时间，昨晚我去老师家补习化学了，回家直播已经结束了，不过我对那些也不感兴趣的。"

"哦，是吗？其实有时候学习上要让自己放松些，弦绷得太紧会断的。"我善意地告诉他。

"哎，你不明白，雷雅姿，我不像你们那么聪明，我笨，就得笨鸟先飞。哪像丁轩然，那么晚了还和女生坐在街心花园聊天。"

"丁轩然和女生坐在街心花园聊天？"我有些怀疑自己的耳朵，"你没看错吧？"

"不会看错的，丁轩然是我初中老同学，他初中时就喜欢和女生扎堆，不过他成绩好啊，这是我羡慕不来的。"

凡迪的话让我第一个强烈的感觉就是伤，彻头彻尾的伤，遍体鳞伤的伤。

我最信任的两个好朋友居然一起欺骗了我。

原来丁轩然所谓的急事就是和季郁在街心花园聊天，原来季郁所谓的没睡好就是聊天的激动所致。

那我算什么？

一个地地道道的小傻瓜！

迷离星空下的对白，蓝色湖水边的身影，病床前关切的眼神，电话里真挚的话语，一切的一切，全是骗人的！

一整天我都心绪不宁，脑海里全是暑假里的往事，千丝万缕纠缠着神经。

物理老师抽我回答问题，可是他提的什么问题我都不知道。

"雷雅姿同学，别以为自己是直升的就高高在上放松学习，你要知道高中是一个全新的开始，以前再辉煌都等于零。"

记忆中，我还没有被老师用这样犀利的词语批评过，泪水霎时涌出眼眶，泛滥成灾。

终于挨到了放学，我收拾好书包准备逃离，我想回家，回到我的小屋。

"雅姿，等等我。"季郁在后面叫我。

我装作没听见，快步跑出了教室，我只想快点回家。

包里的手机连续响起，我关掉了它。

冲出校门，竟然看见了刘的车子，刘靠在车边等我。

"雅姿，怎么啦？"

我想或许是我脸上的泪水还没有干，或许我的情绪太过激动，刘看我的眼神怪怪的。

我打开车门，超速度地钻进车里："快开车吧，送我回家，我要回家。"

刘很快便发动了车子，透过反光镜，我看到了气喘吁吁的丁轩然。

刘说："是你的同学丁轩然哦，要不要载他一段？"

"你不要多事了，好不好！"我失控地大喊。

车子卷土而起，丁轩然呆呆地站在原地看着我们，我知道他认识刘的车。

不要看他，不要管他，不要再想他，我有一种被欺骗后的疲惫。

"怎么呢？小女孩也遇上了感情上的烦恼？"刘半开玩笑地问我。

我不想理睬他："你还是先处理好自己的事情吧！"

"我不还需要你的帮忙吗？你妈妈虽然答应和我做朋友，不过我能感觉她对我的疏离，她这块冰山可真是难以融化啊！"

"总之你不能欺骗妈妈，必须真心真意、全心全意地对她，不能让她受半点委屈，否则我不会帮你的。"我用力地一口气说出这段话。

"当然，雅姿，我对你妈妈绝无半点虚假。"

"但愿如此。"我轻声呢喃。

休息了一晚上，我已经武装好了自己所有的伤。

我不想做一个懦弱的女生，就当暑假里的一切是一场美丽的幻梦。

那片湖，那片星空，都美得那么不真实，是它们骗了我，其实什么也没有发生过。

这一天上课，我精神饱满，情绪高昂，老师们轮番表扬我，我似乎又回到了我的初中时代，没有不懂的问题，没有看扁我的老师。

只是我也听到了有些同学的冷嘲热讽。

"那么认真干什么？装蒜！"

"不就是直升的吗？至于如此张扬吗？"

"真是显摆！"

……

我不管他们怎么说，我现在是一只坚强的蜗牛，厚厚的壳是我强韧的盔甲，刀枪不入。

"雅姿，你发威呀，你没看昨天批评你的物理老师那脸色才尴尬，让他见识见识你的厉害！"季郁笑着拍我的肩。

"那当然，我可不能丢自己的脸，我要重振雄风！"

"雷雅姿，你该对物理老师说，老虎不发威，你还当我病猫。解昨天的心头之恨！"丁轩然凑过来。

我依旧与他们说笑着，似乎什么事也没发生过，我很自然地维持着自己以往的形象，我想我伪装得天衣无缝，我甚至有点佩服自己的演技。

"对了，昨天我见老刘来接你，本想搭搭顺风车，谁知道你们一溜烟就跑了，打你的电话又不通。"丁轩然一副懊恼的样子。

"是吗？"我故作镇定。

"这个礼拜六我生日，我在大世界 KTV 包了个房间，到时候请二位小姐赏脸，行不？"

丁轩然一脸媚笑。

"行啊！不过不送礼物的哦！"季郁朝我眨眨眼睛。

"不会吧！"丁轩然大跌眼镜，"这么抠门！不送别的，好歹也送耐克、阿迪达斯吧！"

"做梦吧！"

我和季郁一起打丁轩然的头，他像猪一样惨叫连连。

虽然这么说，但我已经开始为买什么生日礼物送丁轩然而头痛了。

尽管他深深地伤害了我，但想到他曾经对我的关心和帮助，我还是觉得应该趁这个机会好好感谢感谢他。

终于在耐克专卖店看上了一个蓝白相间的运动包，很是有型，我想丁轩然一定会喜欢的，我毫不犹豫地花了188元将它买了下来。

这个包代表着我对丁轩然的谢意，印证着那个暑假的一些记忆，即使记忆对他来说已经磨灭，至少我还记得。

我有些伤感地想。

走进KTV的包房，里面已经歌声四起。

"雅姿，你怎么才来？我已经高歌了好几曲了。"季郁跑过来拉住我。

"堵车。"我向四周看了看，没发现丁轩然的身影。

"丁轩然呢？"我问季郁。

"他？"季郁茫然地望了望，"刚才还在这里，谁知道呢？"

"不会是你的歌声把他吓跑了吧！"一个男生过来抢走季郁手中的麦克风。

"瞎说！听我唱歌，我没收你出场费已经是大大的恩惠了！"

"他们全是丁轩然初中的同学。对了！你看我给他买的礼物，酷不酷？"季郁兴高采烈地把我拉到一旁。

只见她从口袋里取出一个运动包，蓝白相间——耐克！

我顿时傻眼了。

天下会有这么巧的事？

真是绝妙的讽刺！

我唯一能做的就是捂紧自己手中的纸袋，不让她看见里面的东西。

"雅姿，你没看见，那家伙一见这个礼物，高兴得像猩猩一样。对了，你送他什么？"季郁问我。

"我……我为什么送他，不是说好不送的吗？你还真送他耐克……"我掩饰着自己的尴尬。

"我不也是想到同桌一场吗？"

正在这时，丁轩然进来了，看见我大呼："雷雅姿，你怎么进来了？我在外面等了你那么久都没等到你，你难不成长着翅膀会飞？"

"或许错过了。"我无力地说。

上天注定，天知道这一切怎么会这样呢？

还记得他走的那一夜，我还记得妈妈由衷地夸过我善良，可是从哪一天起，我变成了这样一个小心眼的女孩了呢？

成长，就是不停地遇到陷阱。

长大，有时候就是让自己对自己越来越不满意。

第十章

挥着翅膀的女孩

我在沙发上坐下。

"好，来，我帮你点歌。"丁轩然十分热情地说，"大家听好了，雷雅姿晚来了，她的歌要优先，你们没意见吧？"

"你大寿星发言，我们哪敢有意见？"那帮男生起哄。

"不用了，丁轩然，让大家唱吧！"我推脱道。

"不行不行，小学毕业后，我就没听你唱过歌了，我记得你唱歌很好听，今天必须唱，就当作给我的生日礼物。"丁轩然执意要为我点歌。

我深深地吸了一口气告诉他："容祖儿的《挥着翅膀的女孩》。"

"好。"丁轩然说，"这歌好！"

旋律幽幽响起，我握着麦克风闭上眼睛……

当我还是一个懵懂的女孩

遇到爱不懂爱

从过去到现在

直到他也离开

留我在云海徘徊

明白没人能取代

他曾给我的信赖

See me fly

I'm proud to fly up high

不能一直依赖

别人给我拥戴

Believe me I can fly

I'm singing in the sky

就算风雨覆盖

我也不怕重来

……

你曾经对我说

做勇敢的女孩

我盼有一天能和你相见

骄傲地对着天空说

是借着你的风

……

歌曲结束，我感到自己的眼眶热热的，还好包厢里光线很昏暗，我不用担心大家看出我的不堪。

掌声响起来。

其实我也希望自己像歌中唱到的那样，借着谁的风，去快乐地飞翔。

"唱得真好，就是伤感了些。"丁轩然评价道。

"就是，今天轩然过生日，我们来点劲爆的。"一个男生吼道，"热力舞曲！"

大家摇头晃脑地跟着音乐的节奏舞动着，我并没让自己沉静，也跟着舞起来。

丁轩然站在我的对面，我闭上眼睛摇晃着身体，似乎陶醉在热烈的曲子中，并不与他对视交流。

终于，大家舞累了，颓废地倒在沙发上。

"下面来点对唱。"丁轩然坐到电脑前。

"《水晶》，谁跟我唱？"丁轩然拿着话筒递给我，"雷雅姿，赏个脸。"

"对不起，我不会这支歌。"我抱歉地笑笑。

我真的不会唱这首《水晶》，因为我不喜欢任贤齐，总觉得他说话很难听懂。

"我会，我会！"季郁抢过话筒，跟丁轩然深情对唱：

……

爱一个人常常要很小心

仿佛手中捧着水晶

爱一个人有缤纷心情

看世界仿佛都透过水晶

我和你的爱情好像水晶

没有负担秘密干净又透明

我给你的爱是美丽水晶

独特光芒交辉你我眼底

……

"哦……"大家欢呼起来。

"接下来是《我不够爱你》，谁唱？"丁轩然傻乎乎地问。

"雷雅姿！"季郁将话筒递给我，"我听过你唱这首歌，唱得棒极了！快跟寿星合一首！"

"好……"

面对着大家的喝彩，我的忍耐已经到了临界点，就要冲破身体奔涌而出。

他们是"没有负担秘密干净又透明"，为什么我要"没那么全心投入所以会一败涂地"？

我不能再待下去，我无法再待下去。

"对不起，我不会唱，我有点急事，先走了，拜拜！"

我提着纸袋，扔下话筒，冲出了KTV的包厢……

我一路小跑，真恨不得像丁轩然说的那样长着翅膀能飞。

突然间觉得自己很失败，不是想好深藏不露，做一只伪装的蜗牛吗？

为什么还是沉不住气？

"雷雅姿，雷雅姿……"丁轩然追上我，"你做什么？有什么急事非得现在走？不是说好晚上还有节目吗？"

我不敢看他，怕忍不住泪水："我……真的……有事……妈妈叫我回去。"我编着无力的谎言。

"你撒谎，你不敢看我就是撒谎。"丁轩然居然埋下头来寻找我的眼神，"你在流泪，是不是不舒服？"

他不问倒好，这一问反而彻底燃起了我心中的怒火。

我将装有耐克包的纸袋扔到他的身上："你不要那么多问题好不好？拿去，你的生日礼物，你喜欢背哪个就背哪个，不喜欢就扔了！"

他惊愕地看着手中的包，似乎明白了什么。

我以最快的速度拦住了一辆出租车钻了进去。

"雷雅姿，你看——"丁轩然大叫一声。

我不敢相信自己的眼睛，他竟然拿着小刀在我送他的耐克包上划了一道口子。

我的心在滴血！

不喜欢我的礼物就算了，居然还这样糟蹋它。

丁轩然啊丁轩然，你怎么如此残忍？

怎么和以前的丁轩然判若两人呢？

我坐在出租车的后座上，泪水终于肆无忌惮地往下流。

打开家门，突然发现家里来了两个陌生人坐在沙发上和妈妈交谈。

一个金发碧眼，很绅士的样子，是个老外；另一个是个中国小伙子，像是老外的翻译。

"这就是我女儿，雷雅姿。"妈妈向他们介绍着。

老外对我说 Hello。

我向他们点点头，准备进自己的房间疗伤。

"小姿，你过来。"妈妈却叫住我。

"做什么？"我有些不耐烦。

"这位是美国的律师杰克叔叔，"妈妈指着那个金发碧眼的老外告诉我，"他专程到中国来是处理你爸爸留下的遗嘱。"

"遗嘱？"我有些惊讶。

"是的。"那个翻译告诉我，"你爸爸李由先生在美国治病时就已立下遗嘱，要把他名下的三分之一资产分给你妈妈和你。"

"三分之一是多少？"我茫然地问。

"估算是——"翻译说了一个对我来说犹如天文的数字，我从来没有想过我和妈妈会一下子有这么多钱，就像从天而降，令人难以招架，可是妈妈却十分平静地端坐在沙发上。

"小姿，杰克律师说你爸爸立下的遗嘱里还有一条就是全额资助你到美国上学，杰克律师会为你办理一切出国的手续，只要你愿意。你愿意吗，小姿？"

"我愿意。我去！"我斩钉截铁地回答。

妈妈倒是吃了一惊："你真的不再考虑考虑吗？毕竟出国不是简单的事情。"

"不用考虑了，出国念书这是很多人想都想不来的，这么好的机会我为什么要放弃？"我振振有词地说。

"那好，我们先告辞了。具体的手续还需要太太您亲自到美国一趟，至于您女儿留学的事，我们会安排的。"

老外和翻译起身走了。

妈妈没有再问我为什么这么快答应去美国，而是默然地走进了自己的房间，我听见那首熟悉的旋律再次响起。

我已经很久没听见这首曲子了，也许今天律师的到来又勾起了妈妈的回忆。

我不愿去打扰她，我也需要时间来接受这突如其来的一切。

这天晚上我失眠了，眼前晃着许许多多的影像，一会儿是爸爸临终前璀璨的瞳孔，一会儿是妈妈悲伤的表情，一会儿是丁轩然和季郁谈笑风生，一会儿是刘奔跑着追妈妈……

它们纠缠不清地在我脑海里打架，这个暗下去，那个又清晰起来。

我努力想赶走它们，让大脑变得空白，可是我根本做不到。

终于挨到了天亮，我背着书包准备去学校，刚下楼，竟然看见丁轩然坐在单车上等我。

"雷雅姿，早上好！"

我注意到他背的包正是那个耐克的运动包，包袋上有一个明显的裂缝，是小刀划破的痕迹。

"瞧！我非常喜欢你送我的礼物，看清楚了，是你送我的！"丁轩然举起包向我示意。

我终于明白他昨天为什么会在包上划一道口子了。

"好好的包这样不可惜吗？"我说。

"可不可惜并不重要，关键是你的感受，来，上车！"丁轩然向我扬扬眉毛。

其实我一直想等丁轩然告诉我一些真实的话，比如他为什么失约，为什么刻意隐瞒我，但是他始终没说。

坐在他自行车的后座上，看着包上的裂口在晨光中微笑，我却怎么也笑不起来。

"不会吧！"季郁看到丁轩然发出夸张的叫声，"丁先生，本小姐放了大血给你买的包，才过一天，就被你蹂躏出伤了，你还是不是人啊？"

季郁抚摸着包上的裂口心痛至极："我看还是去缝一缝，以免扩大面积。"

"不用了，我觉得这样挺好啊，挺有个性！"丁轩然说。

"个性！个性你个头！"季郁跳起来打丁轩然，丁轩然左躲右闪。

看着他们嬉笑打闹，我心里又涌起了复杂的滋味。

我努力让这种感觉沉淀下来，我安慰自己，什么都不重要了，因为我就要走了，去另外一个国度开始另外一种生活，一切往事都将远离。

"什么？你要去美国？"季郁望着我眼睛睁得像铜铃。

我肯定地点点头。

"你走了，我会寂寞的，雅姿，好不容易我们才一起同学，你不要走好不好？在国内念书有什么不好呢？干吗要到外国去看人家脸色呢？"季郁拽着我不放手。

看着她单纯可爱的样子，我的眼前忽然浮现出她和丁轩然在街心花园聊天的画面，我不明白她为什么会骗我，我不想再想下去。

"我已经决定了，或许去国外对我的学习会更有帮助。"

"那你妈妈舍得你去吗？"

"妈妈尊重我的决定。"

"哦，雅姿，别这样残忍好不好？"季郁吊着我的肩膀软软地说。

放学后，丁轩然骑着单车追上我。

"上来，我有事要问你。"他的语气不容拒绝。

他将我带到了江边，将单车靠在一边。

风很大，吹着我的头发，我不想去拨弄它，就让它遮住我的表情，遮住我的一切。

"我听季郁说你要去美国。"丁轩然终于开口了。

"是的。"我回答，"我爸爸临终前已经委托律师替我安排了，这是一件很好的事情，对吗？"

"不对！"丁轩然大声反驳我，"美国那么远，人生地不熟，语言又不通，你去干吗？老外会欺负你的！"

"照你这么说，谁都不敢去国外留学了？"我不以为然。

"反正我觉得你现在不适合去国外。"

"这里也没什么值得我留恋的，只要我妈妈有了自己的幸福，我就更放心地离开了。"我望着茫茫的江面，幽幽地说。

"雷雅姿，其实我和季郁没什么的，我们……"

"不要说了！"我打断丁轩然的话，"我真不明白你说些什么，你们俩都是我的好朋友！"

"总有一天你会明白的。真的决定去美国了吗？不再改变了吗？"丁轩然转头看我，眼神里流转着点点忧郁。

我不敢注视他的眼睛，迎着江边的风，果断地点了点头。

妈妈告诉我律师已经在帮我办留学的事了，让我抓紧这段时间练好自己的口语，于是刘帮我找了个外教，突破我的口语。

"在外面语言不通是很困难的。"

"谢谢你刘叔叔，我走了，你要好好照顾我妈妈，让她开心。"

"放心吧，其实你妈妈很舍不得你，但是她尊重你的决定，也尊重你爸爸的安排。"

"你会陪妈妈到美国去处理遗嘱的事吗？"

"只要你妈妈愿意。"

晚上，我抱着被子走进妈妈的房间，妈妈还没睡，正坐在床上看书。

"妈妈，今晚我能和你一块儿睡吗？"我轻轻地问。

"当然可以，小姿。"妈妈示意我到她的身边。

我侧身躺下来，看着橘黄的灯光下妈妈优美的侧脸泛着柔和的光泽。

"妈妈，要是我有你一半漂亮就好了。"

"傻孩子，你有你的漂亮，是别人不能及的。"妈妈伸出手抚摸着我的头发。

"或者我有季郁的一半开朗也好呀，至少不会寂寞。"我不知道为什么突然在妈妈面前说出这种鬼话，可能是夜晚的缘故，书上说夜晚是人的心灵最不设防的时候。

"你感到寂寞吗？"妈妈合上书俯下身子问我。

"有时候有一点儿。"

"是不是因为妈妈忽略了你？"

"不是的，妈妈。是我自己的问题。"我摇摇头。

"小姿，"妈妈叹了口气，"不完整的家庭始终给你带来了一些阴霾，这是妈妈觉得对你最愧疚的地方，所以妈妈一直很尊重你所做的任何决定，包括这次去美国，只要你开心，妈妈就高兴。"

"妈妈，这次你会让刘叔叔陪你去美国处理遗嘱的事吗？"我抬起头问。

"我想不会。"妈妈摇摇头。

"为什么？"

"虽然我和他是很好的朋友，我也明白他很关心我，可是要我完完全全接受他我还做不到。"

"那并不影响他陪你去啊！"

"小姿，有些事情你还不懂，这次我如果让他去，就等于潜意识里默认我们的关系，我不想他产生这样的错觉，你明白吗？"

"嗯。"我点点头，其实我真的不明白，为什么我都能接受刘了，而妈妈却不能呢？大人的世界真是复杂。

当我把我的困惑告诉丁轩然时，丁轩然一扬眉："不就是想让你妈妈完全接受刘吗？这事儿怎么不找我呢？"

"你有办法？"我茫然地望着他。

"那当然——"他自信满满地说，"你妈妈之所以还不能彻底接纳刘，我分析，不是因为她对刘没有感情，而是她习惯了长期一个人生活，没有发现刘在你们母女生命中的重要地位，我们只需要设计一个事件让她发现刘的重要性。"

没想到丁轩然分析起大人的感情来还头头是道，真是对他刮目相看。

"什么事件？不会又是让我离家出走那一套吧？"

"当然不是，我好好想想。"丁轩然摸着下巴冥思苦想。

第十一章

美丽的错误

吃完晚饭，看着夜色很好，我说想出去散散步，妈妈欣然同意。

　　晚风轻拂，空气里蕴含着淡淡的花香，月影模糊，透着朦胧的美。

　　"小姿，好久没有这样静静地享受散步的感觉了。"妈妈深深呼吸。

　　"是啊，妈妈，我去了美国后，你应该多出来走走，最好叫上刘叔叔。"

　　"叫他做什么？小姿，你怎么突然非常接受他似的？"

　　"我只是觉得他是个真诚的男人，很不错。"

　　"站住！"突然树丛中蹿出三个黑影，都是高高大大的男人，蒙着黑布，只露出眼睛。

气氛一下子紧张起来。

"你们干什么？"妈妈惊叫着本能地用双手护着我。

"干什么？我们想借点钱用用。"其中一个男人怪声怪调地说。

"拿去——"妈妈将身上的钱摸出来递给他们，拉着我想走。

"慢点！"另一个男人走到我的面前，嬉皮笑脸地望着我。

妈妈见状一把将我拉在身后厉声道："钱都给你们了，你们不要太过分，我喊人了。"

"你喊啊，大姐，有本事儿喊啊——"

妈妈朝四周看看，这里不但偏僻没几个行人，就算是有人，看到这情景也会躲得远远的。

"救命啊……"妈妈声嘶力竭。

"放开我……放开我……救命啊……"我也吓得狂叫起来。

"放开她们！"关键时刻，刘的车子突然出现在旁边，刘举着手机跳下车，对着三个歹徒怒目而视。

看到刘，我脑海里瞬间闪过丁轩然的话，紧张的心随即放了下来。

这个丁轩然啊，想好了计策也不事先通知我，让我心里有个数，害得我死了几万个细胞。

"你们迅速放手，我已经拨打110了，警察马上就到！"刘一副气势十足的样子，吓得那三个男人马上气焰全消。

"喂，演到这里适可而止啊，该散场了！"我低声对拖住我的那个男人说。

"你这个神经病！"那男人一边骂一边推开我，"走，兄弟，我们犯不着吃眼前亏。"

我被推倒在地，这个该死的丁轩然，找的什么演员，需要这么认真吗？真不知道给了他们什么好处。

妈妈冲上来扶起我，抹着眼泪说："小姿，摔坏没有？"

刘也走过来，扶起我和妈妈："好了好了，没事了，你们母女也是的，这么晚了怎么跑到这种偏僻的地方来散步？"

"你怎么会在这里？"妈妈抬起泪眼问刘。

"我到你们家去，没人，打电话又不通，总觉得有什么不祥的事，于是沿路开车找来，没想到听到你们喊救命。"刘说得天衣无缝，他真会编，什么不祥的预感，明明就是丁轩然的安排嘛！

"哦，我们出来散步没带电话。要不是你，今天不知道会发生什么，我不敢想。"妈妈紧紧地搂住我，面色苍白，身体战栗。

这个玩笑可开大了，死丁轩然什么不设计，设计这么恐怖的计策？我在心里暗暗地骂丁轩然。

"妈妈，不要再害怕了，都过去了，别吓坏了身体。你看我们不都好好的吗？"我想尽一切语言来安慰妈妈。

"是啊，就当一场噩梦，小姿，回家后，让你妈妈泡个热水澡，放松一下，早些睡觉。我还得去警察局报个案，希望能早日查到这群人，以免又伤害其他人。"刘开着车叮嘱我。

我真佩服他的演技，肯定是早和丁轩然串通好，搞得像真的一样。

泡完热水澡后，妈妈的脸色好了许多。我给她热了一杯牛奶。

"谢谢！"妈妈说。

"妈妈，你瞧，你一个人到美国多危险？美国那么乱，还是让刘陪你吧，刘英文好，又有安全感，你说呢？"

"可是你一个人留在这里，我又怎么能放心？"妈妈叹口气。

"我住外公外婆家啊，没事的，我保证一放学就回家，肯定安全。"

一早到校，居然在校门口碰到丁轩然。

我走上前去对他一阵炮轰："你也真是的，想好了计策也不事先通知我，还怕我演砸不成？吓得我半死，还有你请的那帮群众演员也太狠了，简直真的像暴徒……"

"你发烧了不是，说的什么跟什么呀？"丁轩然居然一副白痴样地望着我。

"得了，别装蒜了！不过你想的这招英雄救美虽然老套了点儿，但还是起到了关键的作用。"

我拍拍丁轩然的肩。

"等等。"丁轩然示意我停下，"我确实在想计策，但还没想出来，你快告诉我，你遇到什么事了？什么演员暴徒的？"

看着丁轩然十分严肃的表情，一股冷气从我的脊髓蹿上来，莫非昨晚的一切是真的？

"你确认昨晚的抢劫不是你设计的？"我无力地问。

"当然，你不会告诉我你被抢劫了吧？"丁轩然反问我。

我突然后怕起来，脚下一软，丁轩然一把将我扶住："雷雅姿，你怎么了？"

我平静了一会儿，将事情的来龙去脉告诉了丁轩然。

"你和你妈妈受伤了吗？"丁轩然上下打量着我。

"还好无恙，要不是刘——"

"这就是天注定！"丁轩然一扬手，"本来还准备设计个计策，没想到老天都在关键时刻出手帮忙，你放心吧，你妈妈和刘肯定终成眷属。"

"丁轩然——雅姿——"

季郁背着包冲到我们的面前："你们俩聊什么呢？"

"聊天意！"丁轩然指着天冲我笑笑。

"我告诉你，那件事摆平了。"季郁满脸阳光地告诉丁轩然。

"你是说，乌云过去了，又是一片晴天。"丁轩然问。

"对！但愿是永永远远的晴天！"季郁高兴地拉住丁轩然在操场上手舞足蹈，全然不顾来往大家的目光。

她就是这样一个人，嘻嘻哈哈，大大咧咧，无所顾忌，也许，这就是她的可爱之处吧！

这是他们的秘密，我不想过问，于是我悄悄地离开了他们，朝教室走去。

灰灰的天，像一面模糊的镜子，照着我忧郁的脸，不知道律师有没有把我留学的手续办好呢？

我等着那一天，去远方品尝一个人的寂寞，没有认识的人，没有熟悉的街，没有难忘的往事，或许寂寞也不算寂寞，忧伤也无须躲藏。

刘陪着妈妈去美国了，我住到了外公外婆家。

外婆给我整理出了房间，很清爽的，甚至还在床头摆放着我小时候玩过的洋娃娃，真还是把我当成三岁的小孩，不过我的心里暖暖的，有人疼的感觉真不错。

"小姿，你想吃什么尽管给外公外婆说，我们去给你买。现在学习紧张，营养跟不上可不行！"外公很认真地告诉我。

"无所谓的，外公。"我说。

"怎么无所谓？你看阿宝把你喂得这么瘦，真不知道都给你吃了些什么？现在外婆每天给你炖鸡汤，等你妈妈回来，保准看见一个胖女儿。"

"不要——外婆——"我高声道，"我不要长胖！"

出乎我意料，我竟然接到丁轩然小姨的电话，她说有急事要见我，我们约在一家茶坊见面。

我去的时候，她已经坐在那里，看见我进来，她连忙向我招手。

她化着彩妆，穿着很时尚，但是给人一种冷漠的感觉。

"你好！"我坐下来。

她点点头："我点了一壶上好的绿茶，静心又清爽，你不介意吧？"

我摇摇头："无所谓，我喝什么茶都是一个味道。"

"我是从轩然那里查到你的电话号码的，轩然并不知道我找你，也请你不要告诉他。"

她的话虽然带着一个"请"字，但分明透着命令的语气。

我很不喜欢她这种虚伪的说话方式，但我还是点头默许了。

"那我就开门见山了，自从轩然的父母出国以后，他就一直由我照顾，应该说他是一个听话的孩子，学习好，心地也好。但前些日子他突然向我提出要去美国留学，还为了这事儿和他妈妈在电话里吵架，弄得大家都很不愉快。"

听到这里，我有些明白她找我的目的了，我不知道丁轩然竟然会做出这样的事情，但我的心里却突然温暖起来。

"起初我也很纳闷，好好的，他为什么想出国。直到有一次，我无意中看到了他在电脑里写的心情随笔，我才明白一切都是因为你——雷雅姿。"

她直视我的目光像冰刀一样尖锐而寒冷，但她脸上竟带着礼貌的微笑："我希望你明白，你去不去美国是你自己的事情，但请你不要把轩然拉去，或者说不要给他这方面的希望和暗示。轩然的爸爸妈妈是希望他留在国内发展的，他们到国外做生意的目的也是积存好资金回国一家团聚。你是个聪明的女孩子，应该明白我的意思，对吗？"

我看着绿色的茶叶在杯中荡漾，忍不住端起来喝了一口，是那种怪怪的苦，留在舌间木木的。

我将茶杯放下，起身，看着丁轩然的小姨："我从来没有给过谁希望，也从来没有暗示过别人什么。请您不要根据自己的想象妄下定论，虽然您是长辈，我尊重您，但也请您和我说话的时候，不要那么高高在上。"

我转身欲走又回头："这壶茶或许味道很好，但我喝起来没有感觉，很遗憾。谢谢！"

我没有再看丁轩然小姨的表情，大步走出茶坊。

我想她肯定会气急败坏，但她应该会努力地维持着她的风度。

我真没想到丁轩然会做出这样的决定，也许他是一时的冲动，毕竟出国不是一件小事，但是我真的很感动。

"雅姿，今晚我到你外婆家里来和你一块儿住，我已经给爸爸妈妈请好假了。好，晚上见。"季郁在电话里连珠炮似的对我说，还没等我说话，她就把电话挂了。

晚上，季郁和我挤在小床上，她摆弄着我的毛绒小熊："雅姿，你知道吗？其实我一直都很羡慕你。"

"羡慕我？"我听着 MP3，是阿桑的歌，除了王菲，我最喜欢阿桑的声音，寂寞而幽怨。

"你不要听歌了，好不好？"季郁扯下我的耳机，"我今晚想和你好好说说话，等你去美国后，不知道要多久才有这样说话的机会，打越洋长途那么贵，我可舍不得。"

"好了好了，大小姐……"我取下 MP3，靠在垫子上，认真地望着她。

她又扑哧一下笑出声来："你也不要这样好不好？像是老师一样。"

"这也不对那也不是，要怎样才好？我的大小姐！"

"就自然一点了！"季郁将毛绒小熊塞给我，"抱着它好了！"

我用脸蹭着小熊软软的毛，季郁仰躺在小床上望着天花板："你学习好，人又聪明，性格又沉稳，这是我学也学不来的。我以前觉得唯一值得骄傲的是我有一个完整的家。可是你相信吗？前些日子，我居然在宾馆外撞见我亲爱的爸爸和一个女人搂搂抱抱，本来，我想装作没看见就算了，可是我爸爸居然向我妈妈提出要离婚。那一刹那，我不知如何是好，觉得天都快塌下来了。"

"为什么你从来没有告诉过我？"我问。

"雅姿，我怎么告诉你？难道要我在你面前毁掉唯一比你骄傲的那一点点吗？我不想这样。"

"于是你告诉了丁轩然。"我联想到了街心花园的那一幕。

"是的。"季郁继续说，"丁轩然是一个很好的倾诉对象，而且他很热心。那段时间，我表面上装作什么也没发生，但心里面迷茫而无助，好在丁轩然给我出了很多主意，帮了我许多。现在好了，我爸爸和妈妈平安无事了。"

"怪不得，我还以为——"我没有说下去。

"我知道你以为什么，雅姿，你别看我平时大大咧咧的，但我早看出来你和丁轩然之间的微妙感觉，他真的很在乎你。"

"季郁——"

"你听我说。"季郁打断我的话，"特别是丁轩然过生日那天你的失态，还有第二天丁轩然背的那个包，我知道是你送给他的。他居然故意划破它来表示对你的重视，我真的有些嫉妒了！"

"季郁，我——"

季郁捂住我的嘴巴，我看见她盈盈闪动的泪眼："别说了，既然我今天说出这些话，就说明一切都不重要了。重要的是我们的友情，我希望它绵延不断，你明白吗？"

我点点头。

"还有雅姿，如果你是因为对我和丁轩然的误会而去美国的话，那么太不值得了！"

"怎么会呢？"

其实我自己也不敢肯定是什么原因让我那么毅然地决定去美国，真是因为丁轩然？还是因为我内心想要逃避一些什么？

我不想重复妈妈的故事，我不想在青春里留下任何遗憾。

所以，走吧。

走吧，走吧。

歌里不是唱吗，人总要学着自己长大。

我想，这一季过后，我应该算是真正地长大了吧。

第十二章

也算是完美的结局吧

妈妈和刘回来了。

"雅姿，这次我专门去律师给你联系的那个学校看了看，环境很美，各方面设施都不错。瞧！这是我拍的一些相片，你看看喜不喜欢？"

妈妈打开数码相机给我看。

异国的天空高远而沉静，校园宽敞，青葱翠绿。

"确实很美！"我轻轻地赞叹道。

"手续都差不多办好了，如果顺利的话，过完新年你就可以飞过去了，是不是很期待？"妈妈问我。

"如果你和刘叔叔能在新年之前结婚的话，那我会更期待。"我望着妈妈狡黠地一笑。

妈妈的表情瞬间凝重："小姿，只要你开心，你不必太在意妈妈。有些东西在你身边的时候，你没有抓住它，等你想抓住它时，它却溜走了……"

我不知道妈妈为什么会这样说，但我断定这肯定与刘有关。

这段时间，我看到丁轩然，心里总涌起一种难以形容的滋味。想到他那盛气凌人的小姨，想到季郁对我说过的话，我甚至不知道该如何面对他。

"我小姨前些日子是不是找过你？"丁轩然主动问我。

"你怎么知道？"

"她做的事情，没什么能瞒过我的。"丁轩然愤愤地说，"你别理她，她那个人从来不懂什么叫尊重，居然还偷看我写的东西。"

"她或许也是为了你好。"

"不提她了，对了，你留学的事办好了吗？"

"快了，过完年我就要飞了。"

"飞了——我早说过你插了翅膀，果然要飞了。"丁轩然像是在开玩笑，可脸上却没有笑容。

他背着那个咧口微笑的运动包，跨上单车一溜烟而去。这一次，他没有像往常那样轻松地拍拍后座："雷雅姿，上来！"我竟然有些不习惯，慢慢地走在路上，心里的伤感幽幽地铺开，蔓延成一大块阴影。

而就在这时，刘的宝马车从我眼前滑过，我清楚地看见副座上坐着一个妩媚的女子，风情万种地望着刘微笑。

这无疑是给我心的阴影上插了一把尖刀，我有些明白妈妈说的话了。

天啊！

这一切究竟是怎么了？

我必须找刘问个明白，一直以来的争取，一直以来的信誓旦旦怎么说变就变？

还是那间咖啡屋，熟悉的音乐淡淡地弥漫在空气里，像清透的水滴。

这一次，我要了一杯咖啡。

"你不是改吃香蕉船了吗？小姑娘。"刘没有阻止我，只是随口说了一句。

"难道你不知道人是会变的吗？变来变去也不奇怪，你的口味不也不一样了吗？"我一语双关。

他没有看我，淡淡地一笑，低着头用小匙搅着咖啡。

"我见到那个女人了，昨天，在你的车里。"我直言不讳。

"哦？"刘并不惊讶。

"我觉得她不怎么样，不及我妈妈。"

"当然，你妈妈在我心中是无人能比的，至少现在是这样。"他倒挺诚实的。

"那是为什么？当初是谁说要我帮忙？是谁说要给我妈妈幸福，让她不再寂寞？"我的语气激动起来。

刘抬起头看着我，眼神写满无奈："雅姿，很多事情就是那么微妙，我不知道该怎么对你说。"

"你说，别把我当小孩子看。"

"我想是我那该死的自尊在作祟吧！以前你妈妈只是个平凡的女人，我很想爱她保护她。可自从她得到了你爸爸庞大的遗产后，流言蜚语铺天盖地席卷而来，虽然我知道那句名言：走自己的路，让别人去说吧。可是又有几个人能做到？"

我真没想到这样的话会出自刘的口中，他在我心中一直是沉稳坚定的人，怎么突然间连几句流言也承受不住了呢？

我望着他，感觉他突然很陌生。

我仰着脖子将杯中的咖啡一饮而尽，一字一句地对他说："我——鄙——视——你！"

我看得出妈妈的伤心与憔悴，我听得见她的房间里又回旋着那支熟悉的曲子……

我不敢推开门去安慰她，因为我怕自己会忍不住流泪。

我躲在房间，对着镜子，看着并不漂亮的自己，想到漂亮的妈妈，不禁悲从中来。

漂亮的妈妈为什么总是与幸福擦肩而过？

难道漂亮就注定了失去？

是谁说过上天是公平的？

给了你一些就会夺走你一些。

如果真的是这样，那么我宁愿不要美丽而要幸福。

想着想着，我的泪落了下来，落在手背上，像一朵朵伤心的小花，此起彼伏地破碎。

转眼间，新年到了。

红色是最夺目的颜色，喜气洋洋地充斥着整个城市，大街小巷都弥漫着浓浓的节日气氛。

但我家里却像蒙上了一层阴影，因为妈妈病倒了。

医生说是寒流袭击，没注意保暖，重感冒引起的肺炎。

外公外婆在家里忙上忙下，给妈妈做饭。

好在我已经放假，可以日夜守在医院照顾妈妈。

妈妈瘦了一圈，整个人看上去十分憔悴。

爱的赠礼是羞怯的，它从不肯说出自己的名字

它轻快地掠过幽暗，沿途散下一阵喜悦的震颤

追上它抓住它，否则就永远失去了它

然而，能够紧握在手中的爱的赠礼

也不过是一朵娇弱的小花

或是一丝光焰摇曳不定的灯光

······

此时我正在给妈妈念一本泰戈尔的诗集，妈妈望着窗外，眼睛雾蒙蒙的，苍白的手背上正挂着水，一滴一滴，流进她明晰的血管。

"阿姨，雅姿。"季郁和丁轩然推开门。

"瞧！你们不在家好好过年，怎么又到医院来了？"妈妈直起身子。

"阿姨，您躺着。"季郁连忙将妈妈扶在靠背上。

"阿姨，过年有什么意思啊？就是吃喝玩乐，无聊透了！还不如出来走走。"丁轩然拿起一个苹果擦了擦不客气地啃了起来。

送季郁和丁轩然出来，新年到了，医院显得格外冷清。能够出院的病人都回家团聚了，留在这里的都是无奈。

冷风中，我瑟缩着脖子。

"怎么不多穿点？你要照顾好自己，否则你妈妈怎么办？"

丁轩然试图将自己的羽绒服脱下来。我连忙拦住他："不用了，我有大衣，放在病房里了。"

"那你就快回去，别冻着了。"丁轩然关切的眼神让我有流泪的冲动。

季郁蹦蹦跳跳地走在前面，并不回头。

"没关系，我再陪你们走走。"我摇摇头。

"对了，你妈妈住院的事情还没告诉刘吗？"

"干吗告诉他？"

"难道刘和你妈妈就真的没有挽回的余地了吗？"

"我不知道，我觉得刘太没有勇气了，我看不起他。"

"你去了美国，你妈妈始终需要一个可以依靠的人，或许事情还有转机，只要刘还爱着你妈妈，一切都可以重来。"丁轩然若有所思，"你愿意让我帮忙吗？"

"只要为了妈妈好。"我斩钉截铁地回答他。

刘出现在医院的走廊里时，我正拿着碗准备去洗。

他捧着一束香水百合在那里徘徊，然后他看见了我。

他的表情仓皇不定，眼眶微微发红。

"小姿，为什么不告诉我？"他走到我身边。

"我为什么要告诉你，你是谁？"我尖厉地说。

刘深吸了一口气："带我去见见你妈妈，我希望能得到她的原谅，好吗？"

我不知道丁轩然对刘说了些什么，但我看得出刘的紧张和急切。

我沉默地走向妈妈的病房，刘同样沉默地跟在我身后。

"阿宝。"刘在门前轻唤了一声。

妈妈看着他，有微弱的光亮跳过眼球，几乎难以察觉。

"你好，好久不见。"妈妈平和地说。

刘走进病房。

"我去洗碗插花。"我将花瓶和百合拿了出来，离开了病房。

我想妈妈和刘需要独处，独处能让人将心摊开慢慢地晾干。

妈妈一天天地好起来，脸色也愈发红润。

刘每天都来医院，有时候提来煲好的汤，舀给妈妈吃；有时候买来好听的CD，陪妈妈在病房里听。

外公外婆高兴得合不拢嘴。

"有刘先生的汤，我们就省事不少了！"外公乐呵呵。

"是啊，我早说过刘先生是靠得住的男人，希望这次我们阿宝不会再错过。"外婆居然眼含泪花。

"你究竟对刘说了些什么？"我好奇地问丁轩然。

他故作神秘地一笑："这已经不重要了，重要的是结果圆满，至于过程嘛，我得保密，不然，以后怎么做别人的军师呢。"

看着他沾沾自喜的表情，我也忍不住笑了。

"什么时候飞？"丁轩然用手在空中画了一道弧线。

"我妈妈已经康复了，我想赶在那边开学以前，最迟这个月底吧！"

"这个月底，"丁轩然掰着手指自言自语，"那还有 10 天左右。"

他从兜里掏出一个蓝色的 U 盘递给我："本来我准备你走的时候再给你，但是我怕到时仓促中又忘记了，干脆提前给你吧！"

"是什么？"

"我的一些随笔，不过你得答应我，到了美国再看。"他十分认真地说。

我点点头。

可是我怎么忍得住？强烈的好奇心迫使我一回到家就打开了电脑，将 U 盘插进去。

"当——"的一声，我走进了丁轩然的内心世界。

确实是随笔，没有格式没有日期，只是很随意的一些文字。

我今天在街上碰到了小学同学雷雅姿，她长高了，苗条了。虽然算不上漂亮，但还是给人一种很清爽的感觉。我一眼就认出了她，因为那时在她面前背课文，我总是紧张，原本很流利的句子都要结巴……她愣了半天才认出我，我太失败了！

……她好像不太开心，居然想去跳江。

唉！女生总是这样多愁善感！

好在我阻止了她的冲动，她脆弱的样子真让人怜惜。

"怜香惜玉"这个成语是不是就是这种感觉呢？

她的妈妈好漂亮，可是她和她妈妈的感情似乎不太好哦！好像是因为她死去的爸爸。

我没想到她居然答应和我一起去任姨家，我简直高兴得快要疯掉！

……

……她真让我担心，在山里找到她的那一刹那，她像一只迷路的羔羊那么可怜那么弱小，当时我真想把她拥在怀里……她发了高烧，说着梦话，叫着妈妈，我心痛得不得了，我真希望躺在床上的那个人是我而不是她……

她给我打电话，说看见了她的爸爸，感到很茫然。我不知该怎么安慰她……

真是苍天有眼，让我和她分在一个班……

我并不是故意爽约，我感觉到她的伤心，但是我必须替季郁保密，也许我的缺点就是对谁都热情吧！唉！

得知她要去美国，我脑袋里一片空白……我想和她一起去，可是家人都反对，我努力了，失败了，真是郁闷……

……

我不能再看下去了，电脑上的字越来越模糊，我不停地揉着眼睛，揉到生痛。

我滑动着鼠标，一下子滑到了最后一页：

我想好了，把我的随笔给她，让她带到美国看，我要让她明白我的心。

我不想她为了感动而放弃自己的前途，但我又希望她能提前看，或许能改变她的决定。

我很矛盾……

我留意到，这些随笔除了第一篇写出了我的名字，其余的全是用的"她"。

我记得曾经在书上看到一篇短文，里面说在日记里不提对方的姓名而用代称时，说明这个人在你心中很重要。

想到这里，我流泪的脸荡开了笑容。

"雅姿。"妈妈在外面敲门。

我拉开门请她进来，她端着一杯咖啡对我说："好久不听你拉琴，能拉给妈妈听听吗？"

"好啊。"我说，"想听什么？"

"《春天的绿袖子》。"妈妈说。

我拿出尘封已久的琴盒，用心地开始演奏，好像从来都没有过的投入，音乐流入我的心扉，令我和妈妈都深深沉醉。

结束后，妈妈一脸微笑地对我说："雅姿，有件事我想告诉你。"

"什么？"

"妈妈准备结婚了。"

"是吗？"我说，"和谁，刘叔叔？"

"那当然。"

我放下琴，抱抱她："妈妈，恭喜你。"

"其实，妈妈还是希望你能留在我身边，你再考虑一下出国的事，好吗？"

"好的，妈妈。"我说。

今天，妈妈穿着一条白色的直身裙，披着紫色的皮草披肩，头发高高拢起，显得高贵而大方。

终于等到了这一天，妈妈和刘携手走在了一起。

"小姿，你愿意把你妈妈交给我吗？"刘无比真诚地问我。

我微笑着点头。

婚礼很简单，妈妈他们只请了一些亲戚朋友，在酒店举行了一场小小的晚宴。

丁轩然端来一杯茶递给我："是我亲自带来的绿茶配方，你尝尝，有美容的作用哦！"

"你的意思是我不够漂亮？"

他呵呵地傻笑："对了，忘了告诉你，多味来电话说他的文化成绩突飞猛进，考中央美术学院很有把握。他让我对你说声谢谢。"

"是吗？那太好了！"我高兴地说。

"还有阿妹也很想你，任姨他们都希望你能再去玩。当我告诉他们你要到美国留学了，他们都很惊讶，任姨还说美国那么远去干吗呢？"

我哈哈大笑起来。

"你真的不改变主意了吗？"丁轩然话锋一转。

"原来你拐弯抹角的就是为了问我这个问题，我——保持沉默。"我逗他。

他也没有继续追问："你看你妈妈和刘多开心啊！"

妈妈正挽着刘给前来祝贺的亲友敬酒道谢，她的脸上洋溢着甜蜜的微笑。

我静静地凝视着漂亮的妈妈，但愿从此以后她不会再与寂寞相伴，永远幸福。

我想有一天我也会找到一双幸福的翅膀，这双翅膀上承载着亲情与友情，爱与真诚，它将托着我飞，飞向金色的远方……